钟敬文诗词

钟敬文 著

图书在版编目（CIP）数据

钟敬文诗词 / 钟敬文著. —合肥：安徽教育出版社，2010.5
（大家经典书系）
ISBN 978-7-5336-5552-5

Ⅰ.①钟… Ⅱ.①钟… Ⅲ.①诗词—作品集—中国—当代 Ⅳ.①I227

中国版本图书馆 CIP 数据核字（2010）第 081957 号

书名：**钟敬文诗词**	作者：**钟敬文 著**
出 版 人：朱智润　　选题策划：黄书权　　责任编辑：黄书权　丁昌龙	
责任印制：王 琳　　装帧设计：奇文云海　徽风墨韵	

出版发行：时代出版传媒股份有限公司　http://www.press-mart.com
　　　　　安徽教育出版社　http://www.ahep.com.cn
　　　　　（合肥市繁华大道西路 398 号，邮编：230601）
　　　　　营销部电话：（0551）3683010，3683011，3683015
排　　版：安徽创艺彩色制版有限责任公司
印　　刷：合肥中德印刷培训中心印刷厂　电话：（0551）3812508
（如发现印装质量问题，影响阅读，请与印刷厂商联系调换）

开本：650×960　1/16　　印张：18.75　　字数：240 千字
版次：2010 年 6 月第 1 版　　2010 年 6 月第 1 次印刷

ISBN 978-7-5336-5552-5　　　　　　　　　　　定价：34.00 元

版权所有，侵权必究

◎ 作者像

◎ 一九四八年与聂绀弩摄于香港

◎ 钟敬文、陈秋帆夫妇与柯仲平摄于颐和园

◎ 一九四八年元旦,与柳亚子摄于香港九龙芳园

目　录

题画为周六平先生作 …………………………………… 1
再游东山园 ……………………………………………… 2
山林小居寄植梧 ………………………………………… 3
西湖杂诗 ………………………………………………… 4
送友人之金陵七绝六首 ………………………………… 6
南昌访滕王阁故址 ……………………………………… 8
别杭州东渡 ……………………………………………… 9
东居杂诗 ………………………………………………… 10
闻鲁迅先生逝世口占 …………………………………… 13
衡阳初雪 ………………………………………………… 14
秋　感 …………………………………………………… 15
翁源重阳书感一律 ……………………………………… 16
赠救亡青年 ……………………………………………… 17
舟行赠友 ………………………………………………… 18
湘粤道中戏赠郁君 ……………………………………… 19
将去连州别河西友人 …………………………………… 20
得秋帆桂林书诗以答之 ………………………………… 21
悼尚仲衣博士 …………………………………………… 22
送别胥之同志 …………………………………………… 23

过阳山县 …………………………………………… 24
夜过英德城 ………………………………………… 25
韶关赠别叶兆南同志 ……………………………… 26
与友人登韶关西郊外古寺 ………………………… 27
读田汉《京沪征尘》感赋 ………………………… 28
南雄旅怀 …………………………………………… 29
壮图一绝 …………………………………………… 30
赠抗日老英雄萧阿彬 ……………………………… 31
赠鹿地亘 …………………………………………… 32
元旦开笔 …………………………………………… 33
怀人绝句 …………………………………………… 34
追怀仲衣博士 ……………………………………… 36
怀光瑞同志 ………………………………………… 37
闻法国解放喜赋 …………………………………… 38
秋　怀 ……………………………………………… 39
西北纪行诗抄之四 ………………………………… 40
　　延安城一绝 …………………………………… 40
　　杜甫川一律 …………………………………… 41
　　兰　州 ………………………………………… 41
　　题同行画师在五泉山公园所作壁画 ………… 42
祝谜冬五十生辰三首 ……………………………… 43
二月十七日雪后与友人游陶然亭 ………………… 45
八月廿八日与龚彬、秋帆及宜儿游香山 ………… 46
八月晦日访居甫于城西寓所归成五绝寄之 ……… 48
冬夜寓斋小集 ……………………………………… 50
瘦石与秀芳结婚祝词 ……………………………… 51

六十回忆杂诗 …………………………………………… 52
甲辰端午八宝山扫柳亚子先生墓六首 ………………… 67
连日阴雨忽晚晴偶占 …………………………………… 70
甲辰岁暮杂咏 …………………………………………… 71
旧历六月中山花房看花感赋 …………………………… 76
观中山公园铁树花二首 ………………………………… 77
车过故宫外书所见 ……………………………………… 78
读胡主席《狱中日记诗抄》四首 ……………………… 79
一月二日访仲衡谈诗甚乐，三日后作此柬之 ………… 81
重阳感怀广州旧友 ……………………………………… 82
雪后游贝子公园 ………………………………………… 83
赠小宜 …………………………………………………… 84
书　事 …………………………………………………… 85
晋南吟之四 ……………………………………………… 86
  移种胡桃 ………………………………………… 86
  五四青年节 ……………………………………… 86
  山沟里割草口占 ………………………………… 86
  夜看守葡萄园 …………………………………… 87
初见高粱穗作二首 ……………………………………… 88
鸦儿沟外棉花地即景二首 ……………………………… 89
中秋节三绝 ……………………………………………… 90
游太原晋祠 ……………………………………………… 91
红草吟 …………………………………………………… 92
送宗达同志回京参加编纂词典工作 …………………… 93
中日复交二律 …………………………………………… 94
送宜儿重赴蒙东 ………………………………………… 96

闻章士钊先生在香港逝世感赋 …………… 97
题柳亚子先生见和一九四七年除夕诗影片二绝 …………… 98
题一九四八年元旦与柳亚子先生同摄旧照片,时与先生同政治
　　避难九龙 …………… 99
移居四绝 …………… 100
重礼柳亚子先生墓 …………… 101
题友人所辑郁达夫诗词集三首 …………… 102
春节偶作 …………… 103
题正民忆父文后二绝 …………… 104
天坛看花二首 …………… 105
行落叶上有感 …………… 106
落　叶 …………… 107
岁暮抒怀 …………… 108
周总理悼词五首 …………… 109
丙辰清明前过天安门口占 …………… 112
地震时集体露宿书感 …………… 113
岁暮赠秦牧 …………… 114
一月九日过天安门书事 …………… 115
周总理逝世一周年纪念六首 …………… 116
七五初度 …………… 118
悼阿英同志 …………… 119
悼何其芳同志 …………… 120
喜燕郊北来 …………… 121
新波重至京见后作三绝句赠之 …………… 122
岁暮抒情 …………… 123
悼龚彬同志 …………… 124

太平花三绝 ……………………………………………… 125
悼谷柳同志 ……………………………………………… 126
兰州夜景 ………………………………………………… 127
登白塔山 ………………………………………………… 128
归京途中在包兰线车上口占 …………………………… 129
四月九日大觉寺看杏花 ………………………………… 130
北戴河小休杂诗八首 …………………………………… 131
参加北京市政协会议吟草有感二首 …………………… 134
会中赠友三首 …………………………………………… 135
一九七九年终一律 ……………………………………… 136
南行飞机上 ……………………………………………… 137
西山龙门 ………………………………………………… 138
吊闻一多烈士二首 ……………………………………… 139
看　花 …………………………………………………… 140
赠日本口承文艺学会代表访华团诸先生三首 ………… 141
重到西湖 ………………………………………………… 142
谒岳武穆祠墓 …………………………………………… 143
秋瑾女侠立像 …………………………………………… 144
重晤许钦文同志 ………………………………………… 145
寻访达夫故居风雨茅庐 ………………………………… 146
书感示秋帆 ……………………………………………… 147
别杭州民间文艺研究会诸同志 ………………………… 148
为言昭侄题纪念册 ……………………………………… 149
别上海民间文艺研究会诸同志 ………………………… 150
桂林小诗三首 …………………………………………… 151
饯岁词 …………………………………………………… 153

纪事二绝	154
作协四次代表大会杂诗之二	156
日主祠	158
海水测量站观海浪	159
从烟台归京车中	160
竭忠一绝	161
祝贺俞平伯先生	162
劳动节登天安门城楼	163
在赴兰州机上口占	164
忆邓宝珊将军	165
回忆旧游感赋	166
客中偶感二绝	167
青城山抒怀	168
薛涛井	169
将去成都口占	170
花　溪	171
谒岳庙	172
西泠桥畔寻秋帆旧寓	173
怀许钦文同志	174
赠周巍峙同志	175
赠陈学昭女士	176
怀苏曼殊大师二绝	177
雨中与诸同志游兰亭	178
过轩亭口	179
金秋诗会抒怀	180
住医院偶感一律	181

忽见医院庭园梨花盛开口占 …… 182

病　后 …… 183

戊辰秋与默涵同志游密云水库感赋 …… 184

清华园二绝 …… 185

以与仁恺先生通电话事告元伯教授后口占 …… 186

住院杂诗 …… 187

访中大旧址大钟楼怀鲁迅二首 …… 191

过昌兴新街感赋二首 …… 192

岭大旧址怀冼星海同志二首 …… 193

岭大故址怀刘潜初烈士二首 …… 194

感旧三首 …… 195

初到大连开发区之夜 …… 196

李清照纪念堂二首 …… 197

夜别济南 …… 199

游锦绣中华 …… 200

珠海市吊苏曼殊四绝 …… 201

小汤山杂诗 …… 203

文坛四祝 …… 205

 祝冰心九十寿辰第一首 …… 205

 祝冰心九十寿辰第二首 …… 206

 祝冰心九十寿辰第三首 …… 206

 祝夏老九十寿辰 …… 206

九十自寿 …… 207

祝元白（启功）先生八十寿辰 …… 208

疗养院杂咏 …… 209

燕市及近畿杂咏 …… 211

慷慨为文 ………………………………………………… 212
纪念老友绀弩同志九十冥寿 …………………………… 213
游卢沟桥感旧 …………………………………………… 214
九五生辰书怀 …………………………………………… 215
香港回归书感 …………………………………………… 217
见庭树著花偶感 ………………………………………… 218
钟程唱和诗 ……………………………………………… 219
题羡林教授《散文汇编》一绝 ………………………… 220
春游陶然亭示诸同学 …………………………………… 221
致元白 …………………………………………………… 222
怀念彭湃烈士四绝 ……………………………………… 223
拟百岁自省一律 ………………………………………… 225
病中口占一绝 …………………………………………… 226
念奴娇　扫落叶 ………………………………………… 227
念奴娇　题瘦石所藏朱彝尊《梧月词序》墨迹卷子 … 228
蓦山溪 …………………………………………………… 229
满江红　郁达夫先生殉难三十周年纪念 ……………… 230
金缕曲二首　听《黄河大合唱》 ……………………… 231
水调歌头　与旧日海丰中学同学小集 ………………… 233
水龙吟　参加冯雪峰同志追悼会 ……………………… 234
满庭芳　访所谓"曹雪芹故居" ……………………… 235
虞美人　读圣陶先生《兰陵王》 ……………………… 236
玉楼春　喜晤绀弩 ……………………………………… 237
金缕曲　出席第四届文代会抒情 ……………………… 238
水调歌头　登八达岭 …………………………………… 239
汉俳四首　赠别"日本老舍著作爱好者第三次访华团"诸君 …… 240

水调歌头　石岛旅次书怀 …… 242
满江红　访鲁迅纪念馆及故居 …… 243
水调歌头　访翠亨村孙中山故居 …… 244
一个薄暮似的早上 …… 245
海滨的二月 …… 247
我底这颗心儿 …… 249
冷　漠 …… 250
敌人呀,你们准备罢!——读《新时代》 …… 251
诗人底哀歌 …… 253
题《沙基血迹图》 …… 256
朋友,你如要读我底诗 …… 258
初逢的敬礼——呈台湾人张秀哲君 …… 259
到莫斯科去啊 …… 261
送砾子南归 …… 263
西　湖 …… 265
未来底春 …… 266
我底诗笔 …… 268
樱花曲 …… 271
高尔基翁底死 …… 273
故　乡 …… 275
献给罗兰先生 …… 278
今别离 …… 282
远别了——怀念司马文森、黄新波诸同志 …… 283
追悼老舍同志 …… 285
秋兰颂——为乡村老师作 …… 287
问鸣蝉 …… 288

一九二〇年前后

题画为周六平先生作

霜重溪桥落晚枫,寒烟消尽见晴空。
野人占得秋风味,家在青山黄叶中。

再游东山园

　　几阵清霜后，山林叶半丹。
　　秋深红柿熟，风劲碧流寒。
　　榕影铺荒径，樵歌起远峦。
　　日沉归路晚，余兴尚盘桓。

山林小居寄植梧

小寄园林似隐流,日来清福饱双眸。
排空云巘青不断,临水野花红自秋。
人带轻烟耕绿野,鸟随寒雨落沧洲。
风光历历堪娱赏,可肯来同共胜游?

一九二八年——一九二九年

西 湖 杂 诗

一 西湖胜处

西湖胜处在岩阿,南北峰岗野趣多。
踏遍烟霞与天竺,可无诗咏到松萝?

二 夜 泛

惯看堤树千重碧,时对云峰几叠青。
更爱清宵孤棹去,湖烟湖月荡西泠。

三　曼殊上人墓二首

（一）

刺水偶闻鱼跃声，林阴如梦日胧明。
禅心可似青荷盖，一度风来一侧倾？

（二）

西湖到死未忘情，三尺幽坟傍小青。
花影絮痕心事别，春风秋雨梦耶醒？

四　湖居有怀二首

（一）

曾约西湖买屋居，红灯素卷共三余。
如今占得南山宅，却向秋风怨碧蕖。

（二）

不管长闲与暂闲，病躯得所便偷安。
可人花竹当庭秀，更有娟娟户外山。

五　失题一首

迢迢归梦断南州，客邸年光逐水流。
偶向尊前谈食事，嫩薑新笋动乡愁。

送友人之金陵七绝六首①

一

翩翩风度贵家儿,别有伤心世未知。
也算天涯慰清寂,吟边同爱定公诗。

二

梅花如雪送君行,我为畸零惜友生。
别后欲知相忆意,试当风雨上台城。

三

闻道春秋似画图,故乡难得有西湖。
驱车却向金陵去,怕否莺花笑你无。

---

① 一九二九年二月十七日作前二首,十九日晨又续作后四首,一并寄赠广州容元胎。诗成于杭州。

四

话到文章泪不禁,低回惟仗识深心。
纵饶碧盏红笺句,你去何人更赏音。

五

憩迹桥西苏小墓,谈心月下老人祠。
旧游历历情难泯,苦我游春独步时。

六

刚言分手计逢期,似此痴怀你应知。
盼煞归来同打桨,湖莲花放正当时。

一九三三年——一九三六年

南昌访滕王阁故址

昔年爱读王郎作,今日来看赣水清。
高阁已灰词客杳,西山古意付蝉鸣。

别杭州东渡

几年湖上看春光,别去依依似故乡。
归梦西来应有信,海潮相约上钱塘。

东居杂诗

一 赠实藤惠秀教授①

征文访献到疏迂，子谷风流在海涯。②
何日共寻红叶寺，白云零雁吊阇黎。

二 海滨晚步诵曼殊吊拜伦诗有感

国仇身恨付诗章，异域招魂语痛伤。
我也临风秋思远，沧波无际月昏黄。

三 晚眺忽忆太湖旧游

海曲黄昏聊散策，快游蓦忆往年时。
银光万顷东风酽，帽插桃花过项祠。③

---

① 实藤惠秀为早稻田大学中国语文教授。
② 教授以询问苏曼殊著作事，见访予所住之双树庄。
③ 湖边有项羽祠。

四　将去海水浴场"西之滨"口占一绝

　　连年此地作波嬉，鱼媪螺童半故知。
　　蝉曳残声人欲去，海云休问再来期。

五　过奈良故都

　　冻云癯鹿助清寥，肃肃髡杉梦故朝。
　　过客雄心未能死，百金欲买奈良刀。①

六　除夕从大阪归东京车中

　　绝爱归桡十首诗，酒般情味玉般词。
　　眼前乡县殊风土，白苧春衫敢梦思。②

七　悼平内逍遥博士③

　　舍前双柿尚春荣，杳矣吟窗謦欬声。
　　但使莎翁全集在，百年人总说先生。

---

① 时华北形势危急，奈良刀为此邦名产。
② 姜白石《除夜自石湖归苕溪》有"但得明年少行役，自裁白苧作春衫"之句。
③ 博士为彼邦著名莎士比亚学者，所居以双柿名。

八　寄赠 W·爱伯华博士杭州二绝

（一）

君来我去两参差，① 殊国神交一面迟。
闻道藕花湖畔路，怀人东望立多时。

（二）

不矜罗马眷东方，梦里华胥引兴长。
料想飙轮西渡日，秦碑蜀锦压归装。②

---

① 德学者爱氏初与余等有通信。及彼至杭州，余已去国。
② 碑、锦，指博士所收集的拓片、工艺品之类的文物。

闻鲁迅先生逝世口占

文章如鼎图群魅,世路于公直战场。
南北青年瞻马首,何曾荷戟肯彷徨。①

---

① "两间余一卒,荷戟独彷徨",先生句也。

一九三七年——一九三八年

衡阳初雪

道远轮稀苦滞留,湘南初雪上征裘。
知谁虎帐挥奇略,午夜三军入蔡州。

秋　感

小园万叶战风酣,楼外长空一色蓝。
酒醒木犀香雾远,几年残梦忆江南。

翁源重阳书感一律①

竟来此地过重阳,思陟危峰瞰大荒。
万里西风丛血泪,百年佳节几杯觞。
谣中白雁真成谶,梦里黄花浪有香。②
微力未宣私议在,翁流宁识此心伤?

---

① 时随四战区政治部从广州退驻翁源。
② 此二句指当时日军在惠州登陆后,广东军队溃退之事。南宋末童谣云:"白雁向南飞。"解者谓"白雁",谐元将"伯颜"。

赠救亡青年

森然背影如杉柏,雄劲歌声彻水云。
揭却忧霾吾一笑,创新排难岂无人!

舟行赠友

百身效国此心同,足迹无根任转蓬。
偏是水行情味好,十分清话一烟篷。

湘粤道中戏赠郁君

篮舆如桨响伊鸦,粤北湘南去路赊。
慰得病余心绪否?①卷帘百里看茶花。②

---

① 郁君时患病不能步行。
② "帘",指轿前所悬者。

一九三九年

将去连州别河西友人

谁矜急调危弦意,颇惯回肠瞪眼吟。
又挈敝囊向江海,冷风情绕水西林。

得秋帆桂林书诗以答之

三月断消息,书来慰渴饥。
军行无定迹,宵梦亦相思。
柴米劳筹策,烽烟亘岁时。
匈奴尚骄悍,未许说归期。

悼尚仲衣博士

朋友群中最热肠,盘空气概北方强。
青灯草檄忘身瘁,黑表书名是国光。
一死尚难公论定,余艰留待我曹当。
卧薪教战非徒尔,八百英髦在战场。①

---

① 全国抗日战争前后,仲衣与其他同志一起办抗战教育社,培养了许多抗战文化干部。

送别胥之同志

初闻绪论便心惊,如对胸膛雪月明。
此日江流同击楫,当年京国愧知名。①
灯边梦觉湘波远,海上春回岛寇狞。
日暮军笳动离席,豪情别意两难平。

---

① 胥之云在旧京时曾于北大某教授口中知予姓名及情况。

过阳山县

路过阳山县,牵情一驻旌。
山高城更小,地僻市难荣。
故迹思迁客,① 危时见戎兵。
欲陈悲悯意,江水自盈盈。

---

① 韩愈曾被贬阳山。

夜过英德城

满地残砖杂断楹,危墙月色二分明。
深仇似海须当报,耳畔如闻鬼怒鸣。

韶关赠别叶兆南同志①

戎装佩剑君能健,客路哦诗我岂痴?
他日中原心事了,高楼风雨话离时。

---

① 即孙大光同志。

与友人登韶关西郊外古寺

江城二月菜花黄,携客来登古佛堂。
共对云峦心浩渺,春阳如雪照戎装。

读田汉《京沪征尘》感赋

英雄怀抱才人笔,南国风情又一时。
我本三吴旧游客,炮烟波影怆新词。

南 雄 旅 怀

入海屠鲸意壮哉,眼前琐琐负初来。
剧思冲破樊笼去,一对吹香庾岭梅。

壮 图 一 绝

衣满征尘风啮肤,仓皇曾记走洪都。
钢枪如雪心如火,肯为艰难罢壮图!

赠抗日老英雄萧阿彬

一箭双鹞传故事,十年湖海擅威声。
铁心未肯饶穷寇,更欲西陂夜斫营。

赠鹿地亘

风霜笔舌抵千兵,华土争传节侠名。
莫向明月思旧国,江南风物怆兰成。

元 旦 开 笔

羁旅楚南地,今朝感岁新。
蜡梅江国梦,冷雨战场春。
良友忽云别,奇愁难以泯。
一年须早计,莫负胆轮囷。

一九四三年

怀人绝句

一　林　林

海涅斗心原屹屹，子房风致乃恂恂。
南溟劫火横飞后，何处沧波问此人？

二　周学普

慰情尚译席累诗，① 千卷沉沦不可追。
消息渐稀知意苦，年来何事免支颐。

---

① 席累，现通译为席勒。

三　黄药眠

闻向良丰赁一庐，市埃客履并删除。
风云未敛奇愁在，何日虞卿罢著书？

四　廖辅叔

滇南踪迹妒升庵，饮胆怀冰意自甘。
渺渺漓云几翘首，算来三月断书函。

追怀仲衣博士

丈穴经营犹有待,五年心绪未回温。
回头我总添元气,射影人犹出谰言。
万唤迁延新世界,一时纷扰死灵魂。
怕闻绝痛青年语,柔翰难传死士尊。

一九四四年

怀光瑞同志[①]

曾因感极句难搜,危驿千灯照客愁。
临大节时终定脚,提清名处每低头。
已剜苦胆投优孟,[②] 且任狂歌笑孔丘。
谁共此时山海念,一窗星影坐深幽。

---

① 即夏衍同志。
② 他当时一连发表了好几个剧本。

闻法国解放喜赋

将军怯敌相和邻,铁塞花都忽共沦。
沸地重闻歌马赛,皇皇攻狱旧精神。

秋　怀

炎虎当秋正逼人，塘芦忽见白头新。
风酣待听千林叶，世变难为一室春。
孰使连城瘖鼓角，未妨遥夜望星辰。
伤秋岂是平常意，剧乱心长特苦辛。

一九五六年

西北纪行诗抄之四

延安城一绝

蓦然古塞变红都,向义当时众士趋。
生聚十年兼教训,撼山终竟遂雄图。

杜甫川一律①

西来行脚处,遗迹每情牵。
韦北瞻清貌,延安问故川。
忧民肠内热,秉笔意高骞。
此日隆遭遇,雄篇亿众传。

兰　州

东走黄河涌雁滩,② 天南突兀峙皋兰。
五泉兼有天人胜,③ 古柳飞檐共壮观。

---

① 杜甫川亦名少陵川,在延安南门外。相传杜甫曾经此,岸上有小祠祀之。
② 雁滩,地名。
③ 五泉山公园在城郊。

题同行画师在五泉山公园所作壁画

禹王祠古鉴湖清,乌桕酣霜耀眼明。
无限西来兴建者,凭君画笔写乡情。①

---

① 所画为会稽风景。时兰州多江浙籍工人。

一九六一年——一九六二年

祝迓冬五十生辰三首

一

文战当时共阵营,相逢犹记桂林城。
廿年人物浮沉里,喜为君歌老将行。

二

片砖拳石入摩挲,圣地灵芬着袖多。
一样面山哦短句,愧无缩脚让延河。①

三

君年五十吾花甲,肯向清时感鬓华。
但祝身强诗兴旺,年年同看故宫花。

---

① 逖冬在延安所作词有"千山缩脚让延河"之句。

一九六三年

二月十七日雪后与友人游陶然亭

似补冬旸雪再飘,共乘休沐一凭高。
白光耀眼忘池冻,绿意初胎在柳梢。
此地百年富觞咏,诗人今日反离骚。
何须更起江郎问,眼底林亭致足豪。

八月廿八日与龚彬、秋帆及宜儿游香山

一　双清别墅

六年不踏香山道,重对浓阴喜感并。
渐老筋骸愁绝顶,未渝道力爱双清。①

二　香山寺残址

京畿古刹重明清,一炬成灰恨鬼兵。
虏患百年今扫迹,手摩遗础重升平。

三　双清别墅吊纳兰成德②

少日曾耽饮水词,词情凄怆彻心脾。
老来经历人间事,风度嵯峨特系思。③

---

① 此游未攀鬼见愁。双清别墅遗址有清泉两眼。
② 传说纳兰成德曾在此住过。
③ 指营救诗人吴汉槎事。

四　与电农同志同游

当年避地各仓皇，讨逆盟心海一方。①
岁月骎骎人世换，最难山径共徜徉。

五　碧云红叶

碧云小住忆当年，曾见烘天万树燃。②
我向山灵申誓约，今年定不负秋妍。

---

① 龚彬与余于一九四七年夏同被反动派解除大学教职，并先后同逃香港，参与民主运动。
② 香山红叶为京郊名景之一。

八月晦日访居甫于城西寓所
归成五绝寄之

一

国故千般待阐明,一篇乐史见经营。
难能瘁力陈编外,更有豪情事绮声。

二

赴难从戎出本真,含沙鬼蜮苦伺人。
不因曾历漫漫夜,争识朝阳最可珍。

三

儿女森森已及肩,辛劳那暇计流年。
戎装篦发秋阳里,往事经心尚莞然。

四

欧陆归来袖有尘,社坛犹及尝余春。
花时重向畦边立,总忆当时晤语人。

五

传笺朱邸意迷离,每过城西有所思。①
待得秋凉重访尔,疏林澄月话龚诗。

---

① 居甫所居邻太平湖。"传笺朱邸",定庵忆太平湖丁香诗语。

冬夜寓斋小集①

一灯明丽助朋欢,泼泼文心语涌澜。
雪后菊花仍照座,梦中乡味忽登盘。②
英年已误矜文采,前路应同励岁寒。
岭外城西原一室,③ 心如满月共团圞。

---

① 同席有谷柳、秋耘、王蒙诸同志。
② 是晚吃炸牡蛎。
③ 次日,谷柳南归,王蒙西行。

瘦石与秀芳结婚祝词

还将椽笔写天闲,纸上飞黄比目看。①
却笑风流京兆尹,只研螺黛画眉弯。

---

① 瘦石工画马。

一九六四年

六十回忆杂诗

一

孩提影事太模糊,无法重寻记事珠。
断片慈言今偶省,剃头时候每呼呼。①

---

① 母亲云:余婴孩时,每次剃发,辄于大人怀抱中睡去。

二

水仙花与吊钟花，富室争将瑞气夸。
只向街头卖春菜，无花无酒是贫家。①

三

入夏滔滔雨接连，横流一白淹农田。
童心那解耕夫苦，只顾庭前泛纸船。②

四

年少求知情似渴，寒门何处有藏书。
苦心日积三铜板，购得坊刊宝不如。③

五

髫年同学有吟俦，东抹西涂自不休。
永忆怜才光夏老，浓圈芦荻野溪秋。④

---

① 故乡元正景象之一。
② 儿时生活片段。
③ 上小学时，常省下每天父亲所给饼饵钱，聚积为向远处购书之用。
④ 在高小时，教师黄光夏先生曾赏余习作"萧萧芦荻野溪秋"等诗句。

六

远游未得近无师,戚戚家园苦下帷。
楼角一灯照昏晓,他年薄学此根基。①

七

恶耗传来我辈惊,街头讲演且游行。
根除劣货非容易,曾与奸商数斗争。②

八

随园力倡性灵诗,诗旨宣扬玉麈挥。
廿六卷书真烂熟,推原应溯鹿乡师。③

九

少年行动本天真,著述心雄苦腹贫。
四纪年华虚阅历,到头还是寡闻人。④

---

① 未进师范前,余曾在家自学一年,点读《纲鉴易知录》、《唐宋诗醇》等书。
② 五四运动起后,余曾在故乡从事"抵制日货"活动。
③ 在小学时,同学多喜读《随园诗话》,实受教师吕特仪先生影响。先生本县鹿仔乡人。
④ 余年十五六岁时,曾刊一图章,文曰:"孤陋寡闻室主著作之章。"

十

留意时艰崇实学,启蒙难忘赣江师。
诗才见许崔黄叶,老去多惭负所期。①

十一

曾伤孤立捋吟须,恍似疲驴过汉时。
归去倘教亭上望,云屏山翠撩千思。②

十二

往事沉沉四十春,少年肝胆剧相亲。
只今文苑论交谊,首数戎装怪异人。③

---

① 陆师校长周六平先生颇赏余当时所作题画绝句。先生赐诗有"比拟桐花论衣钵,座中惟有阿龙超"之语。
② 周先生登校前凿石亭句"云屏(山名)遥望一痕青"及"苍茫我亦伤孤立",又二次革命兵败过汉阳句"破帽疲驴过汉阳"。
③ 聂畸(绀弩)于一九二五年春,随国民革命军下东江,为我们订交之始。其性情颇特别,当时侪辈中有以"怪人"目之者。

十三

共酬文梦粤江滨,同调人兼乡里人。
莫说英年成玉折,一编圣剧亦灰尘。①

十四

早年模拟颓唐派,谁识临危节不挠。
长记田寮潜访夜,炎炎别语气干宵。②

十五

当时文界起新风,三朵花开曙色中。
莫叹清才遭拗折,挽天事业要英雄。③

十六

柳洲诗迹写渔洋,卷末挥毫态自狂。
惨绿少年今老矣,犹能心境接混茫。④

---

① 王启光,海丰汕尾人,为余在岭大时文友。他曾著《英国之圣迹剧》一书,近世后其稿不知下落。

② 林海秋,余陆师时同学,后参加海陆丰农民革命运动,为反动派所残害。

③ 五四新文化运动兴起后,余曾与海秋及另一同学刊印一新诗集,名《三朵花》。当时读者对海秋诗评价最高。

④ 一九二七年——一九二八年间,顾颉刚先生出所藏《柳洲诗话图》,征中大同人题咏,余有"惨绿谁怜最少年"之句。

十七

写生幼熟大苏诗，神往钱塘八月时。
为是曾经沧海客，眼中潮浪失惊奇。①

十八

芦花相伴入西溪，悄向词仙奠一卮。
今古文流同叹息，西湖虽好怕题诗。②

十九

驱车一路总心惊，到院才知底蕴情。
太息日暄风暖际，突来冰雹损红英。③

二十

犹余片石说干将，巨匠当时智勇强。
不惜一身膏斧钺，留将雄剑待儿郎。④

---

① 一九二八年秋观海宁潮。
② 西湖西溪茭芦庵祀厉鹗等，有朱古微集句联语"词客有灵应识我，西湖虽好莫题诗"。余游此时，国民党文禁方严。
③ 一九二九年夏，余在杭州忽接友人余绍孟（永梁）自莫干山疗养院急电。上山后方知彼与某女士婚事被阻，且发现自己有肺病，因而急成神经病。不久，以此殒生。
④ 莫干山有干将莫邪磨剑石。

二十一

记向云栖探竹丛,何如此地对葱茏?
当头瘦月凉于水,人在苍宫翠海中。①

二十二

朋辈争呼老少年,肯将腐朽易时鲜?
晚年自负诗形学,应共吟篇一例传。②

二十三

歌吟博大与奇雄,李绝欧行点画工。
代有才人名论在,入山未许叹词穷。③

二十四

蓦然云气蓬蓬起,对面林峦堕渺茫。
想到人间有奇变,眼中物态亦寻常。

---

① 莫干山竹多而高大。西湖云栖以竹名。
② 诗人刘大白先生,晚年著有《中国诗之外形律》一书,临终前语余,此乃彼生平较满意之作。
③ 一九三二年与友人游庐山三首。

二十五

口笔生涯未算贫,名山犹许暂相亲。
忽闻警语添思索,自己当归那类人。①

二十六

远来海外礼先生,神话民谭梦所萦。
当日教言今稍省,人群史学最深宏。②

二十七

自书吟句慰诗魂,生拙难将墨法论。
看到诸家灵秀笔,颇惭弄斧向班门。③

二十八

清丽才华杂感伤,一时年少爱三郎。
谁知两首招魂作,劳尔来寻双树庄。④

---

① 游山中,偶闻人说,牯岭上只有两种人:一种是为人服役者,另一种是受人服役者。
② 早稻田大学研究院指导教师西村真次先生,首次见面对余说:"人文科学以史学为最深广。"意在使余放弃对神话等之专攻,余当时未从之。
③ 一九三四年秋,东京文艺界举行故作家慰灵祭。余自书吊苏曼殊诗参与,及见会中所悬有岛武郎等书幅,颇自悔孟浪。
④ 早稻田大学实藤惠秀教授,见余所书吊曼殊诗,即到所住公寓双树庄见访。

二十九

日中友谊仗宣传,史迹潜研岂枉然?
异国知交渐零落,感君天海尚邮笺。①

三十

关东沃土早沉沦,逐逐狼心未有垠。
一例练枪期卫国,非常时节肯因循?②

三十一

慷慨从军慕拜伦,辕门草檄每宵分。
纵无汗马功劳在,不负堂堂一国民。③

---

① 实藤教授数十年来专心于中国语言文学及中日文化交流之研究,著作甚富。近年,更为加强中日友谊而尽力。
② 中日战争爆发前一年间,国内抗日气氛甚浓,余亦在教学之余与诸同事练习兵操。
③ 一九三八年夏,余在桂林辞去大学教职,回到广州担任第四战区政治部对民众及日军宣传之职。

三十二

大鹏湾失羊城陷,到耳军情日日非。
最忆翁江严逻夜,高高霜月照戎衣。①

三十三

抛却群书利转移,囊中留得剑南诗。
清笳响断吟声歇,犹梦黄旗北渡师。②

三十四

病卧危城出走迟,浙东粤北莽驱驰。
伤时一卷东南集,惭愧情亲有口碑。③

---

① 一九三八年秋,日军登大鹏湾后,余与政治部同人搭最后一班火车离开广州。在翁源时,同人曾轮流守卫驻所。
② 抗战初期,余侧身兵间,行囊中有《放翁诗抄》一部。"黄旗空想渡河津",放翁《北望》句。
③ 一九三九年初,余汇集抗战后所作旧诗,编成《东南集》。其中诗篇,今日在京朋好犹有能背诵者。"口碑"只作"口传"解。

三十五

小驻连州两月赊,时艰宁肯恋烟霞?
磨崖勒语非虚愿,终见山河属汉家。①

三十六

两月前方历险巇,民情兵气动吟思。
平生诗稿怜飘散,最是难忘战地诗。②

三十七

未能山庙荐溪蘋,每仰崇楼一出神。
岂止立朝风度峻,诗篇亦属盛唐人。③

---

① 政治部曾小驻连州城外某寺,境颇清幽。离去时,余与同事吴君在寺后洞口勒"相率中原豪杰还我山河"十字,以资纪念。
② 一九四〇年夏,余与杨晦、黄药眠往从化等地访问前方军民,作绝句十数首,稿已散失。
③ 张九龄祠庙在韶关市附近罗源洞,市中现有风度楼及风度路。"风度得如九龄否",唐明皇语。

三十八

弥儿论著拜伦诗,卓见豪情靡一时。
八桂当年稽请益,临波门户剩追思。①

三十九

总孤泷碧与峰青,行旅匆匆再度经。
犹想桐江重鼓棹,西台烟雨吊忠灵。②

四十

海陆原来属惠州,坡仙贬迹史书留。
如何饱看苏堤柳,才放丰湖一叶舟。③

四十一

廿年心醉带经堂,挂角羚羊我解详。
十卷精华重味处,海棠娟丽苦无香。④

---

① 马君武在晚清时,译述弥尔、达尔文、斯宾塞、拜伦等著作,对于旧民主主义运动颇有影响。抗战初期,同住桂林,余思往谒,卒未果。
② 三十年代,余前后两经富春江,但皆未登钓台游观。
③ 余一九二八年秋至杭州,并一住数年。但近在咫尺之惠州西湖,却直至一九四六年夏方一游览。
④ 余自少年至中年,都喜读王渔洋诗。由今观之,其作品虽颇有情韵而思想实甚贫乏。

四十二

文学生涯快乐园,雨窗风槛每重温。
倘除鸩毒怀疑论,纯白阳光品自尊。①

四十三

爱国都成犯罪身,一时解聘几同人。
为逃钳网求民主,变服低眉上港轮。②

四十四

千人小市傍山坡,两载流亡此地过。
消得胸中沉郁气,一窗晨夕见沧波。③

四十五

忍作神州袖手人,合纵并力为亡秦。
芳园雨露流余泽,花木犹增故国春。④

---

① 余三十岁后,颇爱读法郎士《文学生涯》、《易匹鸠尔之花园》(或译《快乐之花》)等文集。"纯白阳光"为法氏对简练文体之赞语。
② 一九四七年夏,余与中大同事梅龚彬、彭芳草等教授被反动当局强行解聘。余即化装搭轮赴港,参加反蒋之民主运动。
③ 香港屯门二首。
④ 余在各民主党派合办之达德学院任教。芳园即该校校址。后来该校同学在国内服务者颇多。

四十六

自许先农稷契徒，饥寒遍历狎田夫。
任他嗤笑村夫子，亘古诗人此典模。①

四十七

战时曾访湘南墓，今日来登韦曲祠。
石级嶙峋花木邃，扪碑人去有余思。②

四十八

七卷唐人绝句诗，老来重读味犹滋。
只今落笔矜新意，风韵还应是我师。③

四十九

沙原残塔影离离，想象雷音夜迥时。
犹是当空唐代月，含情照我望三危。④

---

① 西安杜工部祠二首（纪一九五六年时事）。
② 耒阳有杜甫墓，余曾于抗战后期登临其地。
③ 《唐人万首绝句选》，为余平昔所爱读之书。
④ 敦煌千佛祠，一名雷音寺，以夏冬间沙挟风飞鸣故名。附近沙碛上有纪念僧伽之残塔数座。

五十

惯凭文籍役精魂,到处书坊着履痕。
脾气卅年无改变,梅花碑与海王村。①

---

① 杭州之梅花碑,北京之海王村,皆旧书店所在地。

甲辰端午八宝山扫柳亚子先生墓六首

一

四纪人间耸铁肩，公身合作史书传。
万年志业严民种，先觉思潮重女权。
三策能忠薪不灭，两京相接语尤贤。
及身终见开新运，猎猎红旗听月圆。①

二

社事重兴气一伸，登坛公瑾正青春。
楼船铁马渭南伯，剑态箫声龚璱人。
一代文衡标叛帜，几人风格学平民？
泾清渭浊堤防在，宁为江西薄郑陈？

---

① 一九五〇年，开国纪念会上，兄弟民族歌舞团所唱歌曲有名《圆月》者。柳先生《浣溪沙》云："歌声唱彻月儿圆。"

三

既富刚肠更热肠，诗人品格正当行。
肯教一饭忘盟约？尽秃千毫纪国殇。
对友襟怀秋月爽，弹奸气概角弓张。
阐幽岂但蒐遗作，似此高风合表扬。

四

玉瑕日蚀本寻常，那有春兰叶并芳？
自负霸才名士癖，难除绮语少年狂。
合龟孙马拘虚见，信手歌诗急就章。
尽有虫伤兼败叶，凌空乔木总堂堂。

五

坛坫峥嵘五十秋，每于文翰仰风流。
湖居爱读乘桴集，海外初攀射日楼。
义战风云同戮力，名园语笑记清游。
素笺遗句分明在，青眼高歌怅莫酬。①

---

① 柳先生生前和我《除夕》诗，语殊奖借，恨不能副其万一也。

六

当年恨我缺临丧,此日方来扫墓场。
眼底依然真面目,① 世间难得两端阳。②
森森丛柏余清响,寂寂幽花递晚香。
悄立日斜思浩渺,怪他蝉噪促归忙。

---

① 坟头嵌有柳先生小影。
② 柳先生逝世于一九五八年旧历端午。据传说,此日亦为屈原忌辰。郭老曾称柳先生为"今屈原"。

连日阴雨忽晚晴偶占

微凉蝉响歇,初霁晚云明。
心事同晴朗,无忧涨水横。

甲辰岁暮杂咏

一 思故乡

自从丁卯春,乘轮出汕尾。
回首计星霜,即将四十载。
双亲早弃养,弟兄无复在。
家世何足论,人间变沧海。
昔时人上人,权杖已折毁。
劳工与劳农,命宫自主宰。
鱼谷日增产,文教辉殊彩。
徒仰赫赫功,致力愧荒怠。
遥念游钓地,缱绻情欲倍。
何时龙津桥,歌呼随大队?
更作故乡颂,吾责容稍解。

二 作 诗

髫年初问学,嗜好在词章。
虽无名师授,涂抹兴殊狂。
稍大辨学术,志不局一方。
更有新旧事,拈韵或彷徨。
年事日益长,结习终难忘。
西湖与东瀛,往往回诗肠。
民族酣义战,诗笔曾慨慷。
自从来北京,此事渐抛荒。
众务如棼丝,辍吟逾十霜。
谁意近年来,诗炉火重炀。
今年一岁中,篇简尤充囊。
新作未必佳,意兴颇轩昂。
世运凌前史,艺事当恢张。
吾诗岂足云,萤虫烁微光。
虽则烁微光,秉志固堂堂。

三 读 诗

从小爱诗章，入手即寓目。
购求竭囊金，难满欲逐逐。
出门检行装，名篇必以属。
乃至兵火间，陆诗独在簏。
荏苒及老大，眼花怯夜读。
但对宽版诗，讽咏恨时促。
三五乡前辈，遗卷尤反复。
岂徒震虚闻，颇觉精华宿。
时移世剧变，思想亦陵谷。
以今视前人，谬误不一足。
仍有魅人处，情味殷以渥。
尽意与穷形，往往见英卓。
我亦吟短篇，粗鄙类顽璞。
立思固不高，论艺岂成熟。
果欲超前人，借鉴资往躅。

四　北京民

我昔逃虐政，栖迟南海滨。
欣逢国运改，奉召入京门。
一留十五载，客居成乡园。
京白虽未调，土风渐已驯。
眷此古名都，胜处难具陈。
莽莽万里城，攀陟思嬴秦。
翰墨有渊薮，烨烨海王村。
故宫盛古珍，万寿便嬉春。
在在并可慕，更有贵者存。
治国重枢要，如陶仗转钧。
对内筹政令，对外辨仇亲。
皇皇诸国是，此焉定经纶。
得道多朋友，观光丛国宾。
纵横九衢上，憧憧东西人。
长安与巴黎，古今著声闻。
方兹北京城，卑陋宁足论？
去日苦蹉跎，绵力待毕宣。
名荣实当副，珍此北京民！

五 东坡生辰作

公逝八百六二年,如长明灯光灿然。
生前已见生祠立,遗编故迹今犹传。
髫年便卓康时意,自许范滂觇所志。
更历中外四十春,颠沛拘挛怀莫遂。
诗人岂无经济才?①徐州胼胝驱黄灾。
濬河清葑救饥疫,遗德种种杭民怀。
公于诗骚半天授,短幅长篇兢俊秀。
才大气盛嗤寒虫,②若长河涌天马骤。
忆接公诗年少时,入眼只解惊英姿。
老来世艺两深涉,沉吟每每知芳腴。
当年曾徙昌化军,儋耳僻壤丛荆榛。
黄回绿转公倘在,当更愿作海南民。③
公之生辰在岁尾,腰笛致祝传李委。
我诗窃效鹤南飞,裂石穿云宁比美。

---

① 惺庵句云:"经济文章两难合,蜀才毕竟限卿云。"论殊不当。
② 公读孟郊诗云:"何苦将两耳,听此寒虫号。"
③ 公句云:"驶舌倘可学,化为黎母民"及"海南万里真吾乡"。

一九六四年前后

旧历六月中山花房看花感赋

燦雪优昙永日中,菊花黄紫笑熏风。
问谁神力呈新巧,花匠原来即化工。

观中山公园铁树花二首

一

倾动都门万众来,男欢女笑绕花台。
不辞一纵看花眼,策杖人丛去又回。

二

昔人都说稀奇事,铁树花开乌白头。
应是树神知盛世,故从华苑献绒球。

车过故宫外书所见

荼蘼谢后少芳华,丛绿高头一抹霞。
能为都城添彩色,未应轻视马樱花。

读胡主席《狱中日记诗抄》四首

一

本为越民求解放,翻于华土作坙囚。
时机火急身难越,午枕龙飞梦自由。①

二

移情水态与山容,臂捆肠饥一笑中。
自是胸膛悬霁月,解嘲岂为学扬雄。②

三

廿年为国效辛劳,反帝风云此日高。
闻道越兵方出击,③心旌遥逐战旗飘。

---

① 编中有"梦见飞龙天上去,醒来才觉卧笼中"之句。
② 《解嘲》句云:"玩月游山随所适,男儿到此亦豪雄。"
③ 抄中有《越中骚动》一首。

四

樗蒲戏里牢头醉,罂粟香中县令游。①
亿万军民方浴血,庄严无耻各千秋。

---

① 《来宾》一首极状当地官吏之腐败。

一九六五年——一九六六年

一月二日访仲衡谈诗甚乐，三日后作此柬之

一月二日天色晴，开春喜气弥都城。
交谈不乐作客套，入城直访麦先生。
先生惜阴方据案，闻声抛卷欣相迎。
几上虽无瓶花灿，座旁炉火光荧荧。
轩眉论我花甲作，锡以清真非浪评。
又及唐诗兴盛故，不随俗论归师承。
衡史肯睁阶级眼，返根究柢经络清。
青莲大集素所习，绅绎诗论言能精。
意在弃古逐时变，此义至今少人明。
归来三日袅余味，舌端普洱同芳馨。①

---

① 是日承以普洱茶见待。

重阳感怀广州旧友

净扫妖氛得小休,清欢曾结白云游。①
别来直见魔山倒,回首方惊岁月流。
梦里霞光珠海路,望中风色蓟门秋。
耽诗老去终何补,万艳千奇笔未收。

---

① 日军投降后第二年旧历重阳,我曾与中大中文系同人,共游白云山。

雪后游贝子公园

一冬晴里过,切切念禾麻。①
忽洒元宵雪,来游贝子家。
冻池辉玉镜,疏竹吐芦花。
何止便观赏,丰穰祝岁华。

① 《诗经·豳风》:"禾麻黍麦。"

一九七一年

赠 小 宜

当日东蒙去,家人未释怀。
岂知春力伟,能使众花开。
汗水湔娇气,锄头长干才。
征途千仞峻,攀陟此初阶。

书　事

位兼文武气薰天，短梦邯郸一溜烟。
阴计欲争巫媪诡，① 盗言翻似蜜糖甘。
敢行大逆如枭獍，直把群英当草菅。
似此元凶青史少，固应遗臭万千年。

---

①　史珪、石汉卿用事，张琼目为巫媪。

晋南吟之四

移种胡桃

簇簇春云作昼阴,胡桃今日好移根。
时来定结青青果,不负刨坑灌水人。

五四青年节

少日时光逝已遥,追怀史迹气犹豪。
云如奔马风如虎,① 似写当年革命潮。

山沟里割草口占

雨后持镰谷底行,吹肤阵阵谷风清。
惯经炎热居城市,如此凉飔得几曾?

---

① 是日午后风狂云乱,山雨欲来。

夜看守葡萄园

酿雨云浓月不明,子时已过夜凉生。
灯探眼索无情况,① 静听虫声答水声。

---

① 灯,指手电筒。

初见高粱穗作二首

一

不识高粱丛,曾吃高粱米。
见此一凝神,火炬足相拟。

二

万穗珍珠绿架间,日巡夜逻谨防闲。
冥心忽想大同日,警哨岗虚任饱餐。

鸦儿沟外棉花地即景二首

一

牡丹芍药盛如云,无实虚花底足尊。
尔有絮棉天下暖,更红叶子悦劳民。

二

寺楼寒望记西京,秋里香山亦数登。
怎及鸦儿沟外地,白花丹叶眼中明。

中秋节三绝

一

高粱穗赤玉荄黄,秋稼如云正上场。
月饼枣榴家户给,① 嫦娥欣见岁丰禳。

二

汾滨难望翠微山,② 漠北燕南各一天。
看月今宵离亦乐,③ 城乡亿户正团圞。

三

节前风景忆家乡,灯火街头饼作忙。
佳品制成豪富享,贫家只唱月光光。④

---

① 临汾一带居民中秋节除月饼外,多吃枣子、石榴等。
② 翠微山,在北京西山。
③ 予家数口分居北京、临汾及乌珠穆沁三处。
④ 这首回忆儿时(解放前)故乡中秋节前后情况。月光光,是故乡一首民谣名。

游太原晋祠

耳熟名园试一寻,棉裘难遏北风侵。
宁知叶脱河冰日,绿藻温泉别有春。①

---

① 据说此处泉水温度经年保持在 17 ℃间。

红 草 吟

前人咏红叶,大都指灌木。
我今原野行,红草纷入目。
拔茎连叶子,一赤如火树。
挺出绿丛间,风采信妍妩。
神州万象红,尔肯独退处?
何必采珊瑚,秋艳自俊物。

送宗达同志回京参加编纂词典工作

忽闻首长召君还,同志相传喜在颜。
知识当为劳者用,精神亟洗腐儒酸。
团圞秋月明京堞,缱绻晴云绕晋山。
别后定知遥见忆,半年相砺在田间。

一九七二年

中日复交二律

一

徐氏遗苗事渺茫,相望一水早通航。
明明汉代雷文镜,① 赫赫倭王蛇纽章。②
学子高材传法物,移民多艺播蚕桑。
最思革命艰难日,拔剑同仇见侠肠。③

---

① 我国前汉时代制造的雷文镜、星云镜等曾在日本九州等地被发现。
② 汉光武时所赐的"汉委(倭)国王"印,金质蛇纽,现存东京博物馆。
③ 七八两句指清末帮助孙中山革命的日本志士。

二

昔日曾为江户客，至今犹忆奈良刀。
诗悬广厦终贻悔，① 书狩神田肯惮劳？②
瘁力同型诸故事，③ 会心除夜古醇醪。④
爪痕在在堪追记，争怪临风祝复交？

---

① 余初至东京，曾以自书之吊苏曼殊绝句参加彼邦故作家慰灵祭，及在展览厅中见到有岛武郎氏等美好的书法，深自悔孟浪。
② 神田为东京之书店街所在。
③ 余在日所从事的科学研究的主题为东亚各民族同型式的传说、故事。
④ 中国古代曾经流行过的除夕饮屠苏酒风习，现在仍保存于日人的现实生活中，实为比较风俗史上可注意的一现象。

送宜儿重赴蒙东

自尔乌珠去,南归第二遭。
擎鞭移习性,从俗变衣袍。
山路将融雪,羊群待接羔。
匆匆趋牧野,增产夺红标。

一九七三年——一九七五年

闻章士钊先生在香港逝世感赋

突飞凶耗自南天,功罪千秋到盖棺。
期振华魂思少日,深沦孽海误中年。
怜渠迷路犹知返,留得长编或竟传。
我自胸中余味在,连珠三百记灯前。①

---

① 章氏晚年住医院,作《读诗演连珠》三百余首(绝句体),多咏生平旧事,间有歌颂毛主席及新社会者。章先生逝世前不久,予曾于一夜中尽诵其手稿。

题柳亚子先生见和一九四七年除夕诗影片二绝

一

避地犹然卓义旗，中原血战正酣时。
亢声力赞民军捷，如沸豪情见小诗。

二

八宝山头魂久安，欣闻国祭伴中山。①
诗人身后蜚英响，不枉腾骧五十年。

---

① 时有大规模纪念孙中山，并以柳先生等副之议。

题一九四八年元旦与柳亚子先生同摄旧照片,时与先生同政治避难九龙

漫天夜气漆般浓,避地居夷我辈同。①
忠简何妨迁海外,幼安宁肯老辽东。
危时得友精神耸,歃血锄凶气概雄。
回首岂须伤逝水,诗豪亲见万旗红。②

---

① 二十五年前避居九龙青山与柳亚子先生同照像片。
② "秧歌声里万旗红",柳先生歌咏新中国第一次国庆句也。

移居四绝

一

新居高在四层楼，束箧图书况汗牛。
费尽手扛肩荷力，奏功今日仗朋俦。

二

阳光不到清氛少，楼下栖身过五年。
从此不辞双足累，高瞻远瞩壮诗澜。

三

及到用时常恨少，每当移日总嫌多。
衡量利弊吾知勉，书薮从今慎网罗。

四

藏污积垢痛吾曹，冲洗当年赖巨潮。
今沐和风甘雨里，朽株合更长新苗。

重礼柳亚子先生墓

十年三度上坟场,今日人来益老苍。
一语告公公定喜,稼轩词笔尚飞扬。

题友人所辑郁达夫诗词集三首

一

漫天毒雾与盲风,避地钱塘作寓公。
此事他年终自悔,错将吴越当辽东。

二

投身抗日大同盟,南渡诗文变徵声。
自是摩罗神髓在,英风人忆拜仑卿。

三

轻灵才笔大家知,游记文兼风景诗。
地覆天翻君不待,负他村野万雄奇。

春 节 偶 作

历改春仍旧,民情乐岁成。
朝霞增彩色,鞭爆助欢声。
投老心犹壮,逢辰木向荣。
丈夫谐世运,欣竞柳条青。①

---

① 高适句云:"苦悲正如此,门柳复青青。"今反其意。

题正民忆父文后二绝

正民为郁达夫先生女儿,去年秋冬间应新华社之约撰《忆念父亲》一文,略述达夫生前坎坷遭遇并及自己生活在新中国之幸运。读后慨然兴感,因题二绝于后。

一

鹰攫狼吞万众悲,高名何补腹中饥。
平生文字多忧愤,让与儿曹说盛时。

二

议政谈诗数移晷,陈踪回首卅星霜。
钱塘潮汐应如昨,难觅城东旧草堂。①

---

① 正民告予,她数年前过杭,觅所谓"风雨茅庐",已不可得。

天坛看花二首

一

四十年前旧梦赊,井之头共揽芳华。①
蓬山虽远心仍在,来看天坛友谊花。

二

张春华国众芳攒,异域花王亦斗妍。②
肯负如龙词画手,③ 不传光影到人间。

---

① "井之头"为东京公园之一,予居东时曾应实藤博士约,往观樱花。
② 日人谓樱花为花王。
③ 是日同游者有瞿禅翁与瘦石同志。

行落叶上有感

几株黄落及霜天,触履沙沙一恍然。
舍得将身作泥土,春风酬尔绿阴圆。

落　叶

填沟贴地浩无穷,退绿呈黄转眼中。
悟得相关荣悴理,固应含笑谢西风。

岁暮抒怀

老来易觉岁华更,双眼虽朦心却明。
别有豪情怀故鬼,① 拼搜奇语赞时英。
恋京不在乡归梦,补阙犹然夜读灯。
一事赢他林处士,白头端欲健追鹏。②

---

① 今年先后作诗纪念曹雪芹、鲁迅、郁达夫等。
② 宋代林景熙句:"自笑老来甘退鹢,少年云路健追鹏。"今反其意。

一九七六年

周总理悼词五首

一

直如地陷春雷震,亿兆心惊噩耗传。
宁止举幡空太学,真成着诔满人寰。
岗陵忍见愁云罩,江汉难教逝水还。
永与斯民呼吸共,骨灰洒遍万山川。

二

许国驰驱六十年，殚精直到盖棺前。
巴黎倡义追先躅，歇浦强攻劈险关。
草地雪山驰马过，外交内政一身悬。
何劳琐屑征遗事，功业皇皇是史编。

三

军谋政略总辉煌，况有惊才见出疆。
富弼厉声争国体，萧昕雄辩服邻邦。
周旋笃守罗盘向，谈笑能排鬼魅狂。
推进世轮谁健者，万方公论正堂堂。

四

璞玉浑金古所称，平生行谊闪晶莹。
不私故旧存公道，拒享殊荣卓典型。
杜佑夜分仍力学，晏婴裘敝不重更。
感人多少流传事，万众今朝掣泪听。

五

南海怒潮冲岸日,北都文友会师时。
已从少日钦人范,何幸中年识我师。
狮子声雄犹震耳,驽骀步蹇负深期。
两行遗墨回环诵,收向桑榆恨太迟。①

---

① 第一次文代会,我初听周总理作政治及文艺报告。会后,并承在我的纪念册上题词:"努力建设人民文艺!"

丙辰清明前过天安门口占

排云功业讵能删,百日都人泪未干。
谁信是非身后杳,眼前突兀万花环。

地震时集体露宿书感

忽疑泛沧海,四壁浪舟颠。
露宿人如市,蛙鸣雨并喧。
星球有成坏,人力战危艰。
同难增亲切,铭肝共济言。

岁暮赠秦牧

忆君返棹自西洲,万里风涛话壮游。
十载冰霜花事尽,一宵雷雨瘴氛收。
重光日月须才笔,映雪襟期耻末流。
南海故人京洛客,明湖待泛载春舟。①

---

① 秋耘离京南归,约明春重来,并共作春游。

一九七七年

一月九日过天安门书事

晴空仿佛降英灵,拂拂寒风想旆旌。
激涨人流无隙地,簇云花束郁深情。
民心自是权衡主,鼠辈徒工鬼蜮经。
宁待史编伸董笔,眼中褒贬煞分明。

周总理逝世一周年纪念六首

一

转眼光阴到忌辰,弥天哀思念亲人。
呈花献曲如荼火,八亿人民共此心。

二

往事犹新日月驰,动人场景忆当时。
花圈山积人如海,纪念碑成堕泪碑。

三

救国神方从马列,殚精竭智愿终酬。
难能到死尊师法,不占京郊土一邱。①

---

① 不土葬为革命导师恩格斯之遗教。

四

人物公推第一流,评功比德总千秋。
"人民总理人民爱",铭语无如七字优。

五

疑信谤忠从古事,含沙射影恨神奸。
时光的是公裁判,遗臭留芳剧了然。

六①

温暄吹拂似东风,何限新枝发故丛。
忽地春归滋雨泪,看荣花果答春工。

---

① 此首抒写周总理与旧知识分子之亲切关系。

七 五 初 度

棉衣卸却迓春暄,初度心情异少年。
报老双睛添白障,张春万朵看红酣。
途芟恶虎民争奋,步似玄龟我剧惭。
述志兹辰频著句,思量此亦祖生鞭。

悼阿英同志

六月二十八日，北京文化界数百人，集八宝山公墓礼堂追悼阿英（钱杏村）同志。归后作此。

开春伤谷柳，今又哭阿英。①
时运看腾鹗，文坛怅落星。
闯关谁健者？拓史亦奇英。
诔语能传意，知君眼定瞑。

---

① "阿"字，我们家乡读平声。

悼何其芳同志

君如安诺德,诗笔作文评。
立论宗风正,敷词霁月明。
白天欣再唱,① 中寿竟难盈。
云水西郊路,驱车怯再经。

---

① 《夜歌和白天的歌》,为何其芳同志一本诗集的名称。

喜燕郊北来

惊喜重相见,湘燕卅载分。
君容犹似昔,世道已回春。
了了城西梦,① 沉沉劫后身。
相期完胜业,② 万里骋飞轮。

---

① 新中国成立之初,燕郊与我住北京石驸马大街,共编辑《民间文艺》周刊。
② 胜业,指关于民间文学的编集和研究。

新波重至京见后作三绝句赠之

一

今年终得见新波,① 京国前逢一纪过。
孽畜清除寰宇清,白头相对意嵯峨。

二

毒雾迷漫憎武水,望门投止困香江。
久忘悲愤当年事,海上如今遍绿桑。

三

报国吾侪凭楮墨,文场画垒各争雄。
谁言身老才华尽,试看烧空晚照红。

---

① 本年夏,新波北来,约相见,因时间相左,未果晤面。

岁暮抒情

柏翠松苍冰雪时,人间又报岁星移。
河山再造添雄丽,妖孽余氛待荡夷。
追日犹存夸父志,据鞍长慕伏波姿。
非关结习除难尽,飚举情怀要小诗。

悼龚彬同志

结交当乱日,踪迹虎溪旁。①
爱国身何罪?居夷胆共尝。
有生终尽瘁,垂死只相望。
无复邀偏赏,② 朱绂欲罢张。

---

① 予与龚彬初交往,在一九四〇年左右,时同任教坪石中大。
② 龚彬生前偏爱我所作旧诗,说胜于某前辈云云。

太平花三绝

一

明姿本出剑南山,闭置宫园损素颜。①
盼得江山民作主,故应馨逸满人间。

二

回思薄海咽哀鸿,虎斗狼争卅载中。
安用渭南头白叹,车书今见九州同。②

三

丰瑞原为古老名,农家总望好年成。
人无遗力天常雨,合见枝头吉兆生。

---

① 此花过去北京只清宫有之,今则满植于公私园囿矣。
② 放翁咏太平花句:"头白车书未一家。"

悼谷柳同志

拙作方南寄,① 凶音竟北传。
更无生见日,倍忆岛居年。②
文誉《虾球传》,③ 朋欢蛎子筵。
回头都历历,漫说等云烟。

---

① 谷柳逝世前不久,我曾邮寄他谈论鲁迅诗篇文章的抽印本。
② 一九四七、一九四八年间,我与谷柳同避难香港。
③ 《虾球传》是谷柳的处女作,也是他的代表作。

一九七八年

兰 州 夜 景

今日雄都重西北,金城边郡旧名驰。
清宵试与凭高望,万朵银荷耀广池。

登 白 塔 山

重到皋兰已髦年,廉颇强饭尚轩然。
欲知脚力犹堪使,策杖来登白塔山。

归京途中在包兰线车上口占

浩荡霜原一望平,朝晖正傍市乡明。
诗人宁用思飞将,① 蒙汉如今乐耦耕。

---

① 唐代诗人王昌龄《从军行》句云:"但使龙城飞将在,不教胡马度阴山。"今反其意。

一九七九年

四月九日大觉寺看杏花

久矣闻名大觉寺,暮年初访杏花村。
同车艺老谈诗健,遍野花光照眼新。
磊落高松犹抱塔,残零故碣且征文。①
劳民遗烈真无限,伫看如云萃国宾。②

---

① 寺有抱塔松及辽碑、辽塔。
② 时正修理寺前走道,或将辟为游览区也?

北戴河小休杂诗八首

北　戴　河

避暑名区傍海开,绿荫处处见楼台。
中宵陡觉军声壮,无数惊涛撼梦来。

书　感

到北戴河之次日,休养所开欢迎会,礼堂上所悬横幅有"欢迎先进工人代表"之语,见后既感且惭,因口占二十八字自勉。

辛勤学圃一工蜂,卅载时评有异同。
那有德才到先进,勉殚微力答殊荣。

秦皇岛二绝

（一）

立功立德长生术，偏向神山苦乞灵。
徐福楼船成底事，终然尸臭杂鱼腥。①

（二）

冰时不冻世知名，巨舰如鲲眼底横。
前史何劳挥泪读，② 洪波早与荡膻腥。

山 海 关

临海依山第一关，我来烟雨正迷漫。
游人为识前朝事，铁炮铜盔尽意看。③

---

① 始皇东巡，逝于途中，天热尸臭，以鲍鱼臭乱之。
② 二十世纪开始以后，秦皇岛曾相继为英、日帝国主义者所控制。
③ 城楼中陈列前代武具，围观者至众。

孟姜女庙二绝

（一）

故事何须问假真？从来虐政忤人心。①
狂徒毁像无多日，又见辉煌庙貌新。

（二）

一时妖鸟翅遮天，毒舌纷纷诋古传。
贞女英灵当识我，鸣冤斥妄有新篇。②

望 海 亭

滚滚洪流际窈冥，翻空云阵莽纵横。
眼中雄阔应难忘，鸽子窝边望海亭。③

---

① "心"字，用今韵。
② 余近作《为孟姜女冤案平反》论文，载于《民间文学》月刊。
③ 鸽子窝，为北戴河东边海滩上一巨石，据云有鸽子巢其上，故名。望海亭，即在该石附近。

参加北京市政协会议吟草有感二首

一

坑儒焚简梦犹新,言路宏开喜此辰。
举国腾骧奔四化,拾遗补阙要吾人。①

二

廿年世路饱风涛,议席重登感二毛。②
不向山妻矜舌在,③ 轮囷肝胆照丹霄。

---

① 阙,意同缺。
② 新中国成立后,我一再被选为北京市人民代表,后以故罢去。二毛,谓头发兼有黑白。
③ 此句反用张仪故事。

会中赠友三首

一 赠雷圭元教授

年来文会频相见,今日言欢在议筵。
忆别西湖四十载,梦中堤柳碧于烟。①

二 赠王力教授

夙惊诗律分毫发,旖旎今哦花雨篇。②
撩我陇西他日忆,画廊沙碛恍当前。③

三 赠尹瘦石同志

议政今膺国士知,十年往事太离奇。
相谈怕及红梨老,欠尔漓江祝寿诗。④

---

① 二十年代末,我初识圭元于西湖,当时他在杭州艺专任教。
② 王教授旧著《汉语诗律学》,近又作《丝路花雨》长歌。
③ 一九五六年夏秋间,我旅行陕、甘,西至玉门、敦煌。
④ 瘦石于四十年代,为柳亚子先生作《漓江祝寿图》(祝寿会为当时在桂进步人士所发起),年来向文艺界广征吟咏,我诗迟迟未交卷。红梨老,指柳先生,因所居在吴江梨里,故云。

一九七九年终一律

石蒜初芽日皎然,了无风雪送残年。
西邻魔影憧憧动,① 南国粮情捷捷传。
心勇不愁文似债,诗成多仗会为缘。②
紫丁香俏红桃艳,转瞬秋春到眼边。

---

① 谓中东近事。
② 今年前后我参加文艺、学术、政治等会议,会余共成诗二十余首。

一九八〇年

南行飞机上

凭窗四望白濛濛,着翅银鲲稳御风。
轻举何曾因辟谷?① 日新人巧胜天工。

---

① 从前道家认为学道的人不吃米谷,能轻身飞升。

西 山 龙 门

一径蜿蜒石上开,千锤万凿出亭台。
游人欲问成功诀,铁样坚心博得来。①

---

① 相传龙门为清代贫道士吴清花十多年努力凿成。

吊闻一多烈士二首

一

红烛辉辉照苦吟，① 英年著论散芳醇。
时危却要英雄汉，终现风雷烈士身。

二

杀士屠民枉逞奸，油浇火上只加燃。
君看昆市坡头血，② 促写人民新史篇。

---

① 闻烈士早年著有《红烛》诗集。
② 闻烈士于一九四六年七月十五日被国民党特务杀害于西仓坡。

看　花

号作春城语岂夸,① 世人都喜说山茶,
我来正及群芳盛，壮采尤推大丽花。

---

①　昆明一号"春城"。

赠日本口承文艺学会代表访华团诸先生三首

一

隔海相望一苇航,① 交流文物越千霜。
如今更把新缘结,民艺谈深共一堂。

二

青年薄学耽涂抹,琐屑文章落海东。
今度樽前劳掛齿,羞容并作酒颜红。②

三

东国归来历岁年,樱红叶赭梦犹牵。
何时更向瀛洲去,拄杖同看着雪山。

---

① 望,读平声。
② 座中有谈及余往年在日本所刊布之论文者。

一九八二年

重 到 西 湖

劫灰除烬见青时，旧地重来惬所期。
映眼湖波如昨梦，凌空堤树显新姿。
友朋凋谢情犹系，祠庙兴衰理可思。
骚客不须多讳忌，西湖今日好题诗。①

---

① "西湖虽好莫题诗"，宋人句也。晚清词人朱彊村曾以之对"词客有灵应识我"，书悬西溪历代词人祠。

谒岳武穆祠墓

西风引我圣湖旁,① 回溯前踪未杳茫。
遗庙重修知劫过,游人纷集感时康。
从来忠义关风教,那有奸邪辨纪纲?②
不是等闲头也白,③ 余生合作补牢忙。

---

① 西湖,古称明圣湖。
② 指"四人帮"时毁庙砸像之事。
③ 岳武穆《满江红》句:"莫等闲,白了少年头,空悲切!"

秋瑾女侠立像

由来西子称柔媚,十里明波逗远情。
今日却教添壮美,雄姿矫俊耸西泠。

重晤许钦文同志

少壮人成八五翁,西湖今日喜重逢,
劫波已逐江流去,世运方如秋叶红。

寻访达夫故居风雨茅庐

酒酣议政更衡文,当日城东是比邻。
垂老重来寻故宅,海天何处吊诗魂?

书感示秋帆

当时你我都年少,镜水吴山足迹俱。
功业无成头共白,重来愧食浙江鱼。

别杭州民间文艺研究会诸同志

再来无复鬓青青,地转天回万象更。①
喜见群英恢胜业,慰情何用说来生。②

---

① 我于一九三七年秋离杭,四十五年后方重临此地,所见真有隔世之感矣。
② 东坡再去杭州,别南北山诸道人句:"衰发只今无可白,故应相对话来生。"今反其意。

为言昭侄题纪念册

诗编正苦难寻觅,一卷抄贻忒感君。①
试问人间轻薄子,可知心美最堪珍?

---

① 数年前,我急需拙著《未来的春》,言昭侄闻之,从上海图书馆抄出全书见寄,时尚未见面也。此次路过上海,言昭请书纪念册,因吟此绝,聊表感谢与敬意。

别上海民间文艺研究会诸同志

老住京华怯远行,此番乘兴问名城。
些些末学知何补,① 惭负诸君海岳情。

---

① 十一月八日,予应邀为上海民研会会员讲民俗学问题。

一九八三年

桂林小诗三首

小 引

一九八三年二月至三月上旬,我以签订"六五"全国科研重点项目小住桂林一周。记得抗日战争初期,曾寓桂半载,后赴广东前线从事抗战工作,至今已四十五载矣。此次重临,街衢社会,皆焕然一新,即水态山姿,亦非昔比矣。顾盼俯仰,兴感无穷!会议之余,曾偶吟小诗,以见当时心境之一斑。

一 传 经①

战时曾寓古南门,霹雳妖雷切齿闻。
难忘传经心事苦,花桥风雨往来频。

二 雨里看山

桂林风景多奇致,雨里峰峦态更殊。
应是山灵知病眼,故教来赏米家图。

三 访七星岩

八旬重访七星岩,炫眼风光异昔年。
百诡千奇呈幻境,人间真觉有仙山。

---

① 一九三八年春初至夏末,我小住桂林南城(明代遗构"古南门"之旁),在当时南迁之江苏无锡教育学院任教。该院临时校址在漓江东岸。

饯 岁 词

万骥腾骧态势雄,繁忙不觉岁星终。
垢污净濯民魂健,丰产频传国力充。
胜友如云凭义结,同胞隔海自心通。
豪情莫怪随年长,双拓文明要老翁。

一九八四年

纪 事 二 绝

二月上旬至下旬，约二十日间，予与许钰、张紫晨、王一奇、张振犁、陈子艾、屈育德、陶立璠诸同志蛰居煤市街北京市第三招待所，共同审议中国大百科"民间文学"词条原稿，衡量义理，商榷文词，诸同志皆竭尽心力，予亦汲汲不敢自逸。会议结束之际，口占二绝，以志之。

一

万千珠玉出劳民，阐发精英费细论。
廿日笼居煤市馆，不知窗外已来春。

二

平生癖好钟民艺,故事风谣绕梦思。
八十高龄今过了,热情犹似少年时。

一九八五年

作协四次代表大会杂诗之二

一 回忆第一次文代会

年光卅五去堂堂,往日文朋半丧亡。
新种桃花千树好,何须感旧学刘郎?①

---

① 刘禹锡有句:"玄都观里桃千树,尽是刘郎去后栽。"

二 纪念诗人柯仲平

早岁相逢识姓名,倾危同历感平生。
君将彩笔为枪炮,人指丹心焕日星。
江沪文谈余酽味,长安旅话记深更。
大厅此际闻诗诵,仿佛当年震瓦声。①

---

① 仲平同志生前,每酒酣耳热,辄大声朗诵其诗作,声震屋瓦。

日 主 祠[①]

金光破晓万波明,仿佛东君是巨灵。
滨海千年祠宇在,灾祥缠臆念先民。

---

① 用今韵。

海水测量站观海浪

轰雷喷雪暮连朝,壮观教人胆气豪。①
忽忆少年江海梦,钱塘月下看秋潮。

---

① 观,读仄声,名词。

从烟台归京车中

半月胶东旅，余年记此行。
劳劳终艺事，眸眸见民生。①
观海余遐想，题诗慰故灵。②
重来知未必，慷慨遣离情。

---

① 到处见到新建筑物和繁荣市场。
② 谓日来所作关于苏轼、戚继光诸先贤诗篇。

竭忠一绝

一九八五年十二月二十四日，出席北京市统战系统为四化服务先进集体与先进个人表彰大会口占。

英年力学期华国，坎坷生涯负夙怀。
终幸暮年逢盛代，竭忠犹得效涓埃。

一九八六年

祝贺俞平伯先生

一九八六年一月二十日，北京学界举行俞先生从事学术活动六十五周年纪念会。赋此以代祝词。

千年诗垒焕新容，青兕初来气吐虹。
春草落花人代速，岗头矗立见苍松。

劳动节登天安门城楼

　　承首都"五一"游园联欢活动办公室邀请,于是日登上城楼,并参观劳动人民文化宫。归后作此志感。

　　　　重上宏楼瞰广场,眼中群象竞飞扬。
　　　　回头三十年间事,① 荣辱乘除懒较量。

---

①　予自一九五六年后,再次有机会登此楼,屈指已三十载矣。

在赴兰州机上口占

御风今又访皋兰,两度游踪记五泉。①
不学坡公叹飘泊,愿留鸿爪遍人间。②

---

① 予曾于一九五六年夏及一九七八年秋,前后两次到兰州,并游览五泉山公园。
② 东坡诗云:"人生到处知何似?恰似飞鸿踏雪泥。泥上偶然留指爪,鸿飞那复计东西。"盖伤行踪飘忽也。予夙喜诵之。今稍觉此老思念之隘矣。

忆邓宝珊将军①

往日求经到甘肃,将军好客召园游。
芳园咫尺难重见,空忆红梅壁上头。②

---

① 一九五六年夏,予与文联所组织的文艺家西北考察团诸同志到兰州。当时邓宝珊将军任省长,一再邀请我等至所居邓家花园游宴。
② 一九七八年秋及此次至兰州,拟往邓家花园凭吊,均未果。记其餐室壁上悬有红梅一幅,笔意高妙,历久不忘。

回忆旧游感赋

画侣文流结队行,名区历遍到金城。①
填词作画飞豪兴,旧地重来隔死生。②

---

① 文艺家西北考察团,在兰州前后旅居约十余日。兰州,汉为金城郡。
② 考察团画家曾为五泉公园作壁画,我等题诗其上。此次重来,时间已过去三十年,当时团友如朱光潜、孙福熙、张恨水、余一清诸君,均已先后谢世。

客中偶感二绝

一

西北游踪八载前，未归先与寄吟笺。①
眼前纵有诗盈纸，急递何由达九泉？

二

连袂南行到沪杭，② 西湖胜处共徜徉。
今番独作西陲客，默对黄流吊落阳。

---

① 前次游兰，成诗十余章，当地友人为写印成册，予曾以快邮寄秋帆。
② 一九八二年秋冬间事。

青城山抒怀

旧说人间一洞天,青城为号意幽妍。
峰峦簇拥如云阵,道佛纷争见史篇。①
身老颇难凌绝顶,亭孤犹许听流泉。
半生自励文章手,那得幽深似此山!

---

① 青城山庙观。原为道教徒所创始与据有。唐代君主前后对道佛二教有所偏重,招至教徒争夺之事,后由唐玄宗以诏书断归道教徒,遂相沿至今。

薛 涛 井[①]

身操贱业遭严谴,笺纸诗章却永传。
今日栏边游赏客,可知荣誉得来难。

[①] 薛涛年轻时,曾为官家乐伎,后又一再遭权势者谴谪,并成为情场失意者。

将去成都口占

八十川游信晚哉？山光人意惬吾怀。
老人不订虚花约,眷眷诗魂倘再来。

一九八七年

花　　溪

绿林几处见红樱,激浪湍流出吼声。
四十年前驰想地,花溪果不负佳名。①

---

① 四十年代,曾闻花溪之名,心窃慕之。

谒 岳 庙

劫后杭游忽五霜,重来肃肃礼祠堂。
暮年倍感精忠意,不逐纷华恋景光。

西泠桥畔寻秋帆旧寓

月明荡桨数来过,潜读桥西记小窝。
今日人亡居亦改,眼中一碧剩残荷。

怀许钦文同志

劫余重作西湖客,握手唯君是故人。
今日再来君又去,举头空对塔嶙峋。①

---

① 钦文故居在保俶山后,予旧寓杭时,为其常客。五年前游杭,犹与彼晤谈,留影于西湖医院。但不久,彼即逝世。此次予再来杭,居新新饭店,举头即见清瘦的保俶塔,不能不眷念故人也。

赠周巍峙同志

去秋与子赴皋兰,今日同来葛岭旁。
老去尘劳缘底事,国珍民艺待张皇。

赠陈学昭女士

青年各有悲欢事,回首文坛六十春。
湖畔重逢秋正好,和颜温语洗酸辛。

怀苏曼殊大师二绝

一

少年耽读醉心肝,一卷清诗燕子龛。
老大湖游成梦忆,胸中舌本尚余甘。

二

孤山一带多幽致,往日曾来吊大师。
圆塔疏林无故物,色空名理一寻思。

雨中与诸同志游兰亭

五十年前到绍兴,东湖泛罢上兰亭。
经行峻岭崇山地,领略流觞曲水情。
胜境重来非故我,雄文永耀似长庚。
今朝也是群贤集,莫笑拖泥带水行。

过轩亭口①

昔年稽首向西泠,侠骨英姿眼底横。
会得弥天悲愤意,秋风秋雨过轩亭。

---

① 轩亭口,秋瑾女侠就义处。

一九八七年——一九八八年

金秋诗会抒怀

雪后园林木叶黄,联朋来作展重阳。
欲招天上诗仙魄,① 共醉风前菊酒觞。
决策谋深操胜券,效忠才薄藉文章。
蓦然唤起儿时梦,蛱蝶蜈蚣眼底翔。②

---

① 今年为李白逝世七百二十五周年纪念。
② 岭南放风筝多在重阳节前后。

住医院偶感一律

八十高年进五辰,忽撄顽疾卧兼旬。
故人足迹留居室,① 极北寒潮勒早春。
凝视迟迟窗际影,回思扰扰梦中身。
文蹊政径艰难遇,历史平章付后人。

---

① 予初至病房,护士们都谈及师大已故同人黄药眠、陆宗达诸先生在这里住过的事情。

忽见医院庭园梨花盛开口占

几度凭窗望,迢遥未见春。
眼前一丛雪,春意沁人魂。

病　后

病后耽闲散,时光冉冉移。
春芳今又负,文债了何期。
欲把新编读,还愁脑力疲。
庭园生意满,坐对郁千思。

戊辰秋与默涵同志游密云水库感赋

偷闲来共对沧浪,不作郊游已十霜。
良友絮言追往日,寒波微漾点秋光。
书生忧乐关家国,世道迁流见海桑。
怕说故人蒙难事,揪心岂独在存亡!

清华园二绝

日前代表北京市政协往清华园参加朱自清先生诞辰及逝世纪念会。饭后游园,得二绝句。

一 游园有感

当年名宿此传经,① 抗暴危时楚两生。②
白发园游心折处,③ 一多像与自清亭。

二 怀朱自清先生

爱读君文自少年,难忘夜话桂湖边。④
秦淮灯影荷塘月,诗味胸中永湛然。

---

① 名宿,指王国维、梁启超、陈寅恪诸先生。
② 楚两生,指闻一多、朱自清。闻,湖北籍;朱,江苏籍。古两地皆为楚地。生,古语先生之意。
③ 像和亭都在园内。
④ 一九三九年初,予与朱先生相晤于桂林临湖旅馆。

以与仁恺先生通电话事告元伯教授后口占

气求声应悭相见,电里倾谈胜饮醇。
此是平生一快事,急忙传语素心人。

一九八九年

住院杂诗

本年六月下旬至本月中旬,余以治理倒睫及诊察肝大病象,小住友谊医院二周余。间有接触和感兴,辄记以长句。合计得六律,汇抄之以为他日省察之资。

一　赠王蒙同志

医院重来寄病身，难能旧侣共昏晨。①
秘魔崖畔思同学，牡蛎筵中失故人。②
我自穷经甘送老，尔犹从政且摛文。
百年聚散关缘会，记此榴花照眼辰。

二　倒睫动手术后作

老人易受病侵凌，双睫翻来障眼明。
医士刀针施巧处，凡人皮肉本来轻。③
俄惊漆黑如深夜，④ 犹想晴辉烛万形。
旬日清蝉闲里听，关心堆案业难成。

三　思念聂绀弩、黄药眠诸故人

老去心怀念友生，渐看星隐木凋零。
风涛共济危时梦，肝胆相投少日情。
各有遗编传日下，偶披纪传尚神兴。
何时八宝山头路，独立松阴吊故灵。

---

① 一九六三年秋，全国文联在长安寺举办读书会，王蒙、尹瘦石与我三人，作为北京区代表参加。一月之中，过从颇密。
② 故人，指《虾球传》作者黄谷柳同志。
③ 医生以利刃割去两睫下部分皮肉，然后用小针予以缝合。
④ 施术后，医生以棉花、纱布密封双眼，一时有如瞎子。

四　追怀秋帆

死别吞声倏几春，逢辰触景只伤神。
卅年甘苦曾同梦，一病因循竟丧身。
空向西泠寻旧宅，① 微闻东国说遗文。②
梅龕忆语何时就，一序迁延已负君。③

五　与巍峙同志谈
　　传统文艺集成事后赋赠

与君一事真同德，民族文化系意深。
地上本多无价宝，世间难得有心人。
荆横棘乱虽妨路，柳绿花明定见村。
病院重逢更相勉，殚精竭智护家珍。

---

① 前年秋，余重至西湖，觅秋帆旧寓不可得。
② 近年日本学者论介余生平著述，往往并及秋帆早年著译业绩。
③ 同事杨占升同志为秋帆编辑论文集，已成稿本，以俟余序，迄未付排。

六　住院书感

连年春夏此中过,老境临时病患多。
何事睫毛仍作祟,① 由来喘息早成魔。②
死生有命吾滋悉,名德无成老岂磨?
输与龙池神物健,③ 昂头晨夕吐清波。

---

① 余十年前已治过倒睫。此次住院,主要仍以治疗此疾。
② 余近年患感冒,往往喘息不已,去年即以此住院。
③ 龙池,在医院内花园中。

访中大旧址大钟楼怀鲁迅二首

一

往返寻踪不觉劳,① 清芬接处感熏陶。
吾生步履多蹉跌,不废胸头一像高。

二

世换人亡六十春,钟楼兀立尚如新。
当年虫鼠纵横地,② 曾寄棱棱战士身。

---

① 指一九二七年春,鲁迅先生初到中大时,我与友人前往学校探访之事。当时有小记,题为《记找鲁迅先生》,曾载《鲁迅在广东》。
② 参看鲁迅先生的《在钟楼上》。

过昌兴新街感赋二首①

一

学艺新潮忒猛哉！青年触处脱凡胎。
难忘虎虎当年事，文化新街访旧来。

二

日斜重蹈昌兴道，锈铁楼栏恍旧时。
万里椰乡知道否？有人为念鬓边丝。

---

① 昌兴新街在旧财政厅旁，乃一比较僻静的短街。大革命时期，出售党所出版宣传书刊的人民书店及创造社出版部广州分部等都在这条街上。莘莘学子，憧憧往来，星期日该书店等尤门庭若市。我曾亲见鲁迅先生与友人身临其地，实当时广州市一文化新街也。

岭大旧址怀冼星海同志二首

一

耽诗溺乐两青年,并室而居共桌餐。
岁月迢遥人换世,重来林木更苍然。

二

艺贡劳民馨赤诚,为磨利刃走俄京。
魂归应讶民风变,遍地黄河合唱声。

岭大故址怀刘潜初烈士二首①

一

如饮醇醪慰渴饥,与君谈艺粤江湄。
文坛掌故今留得,一卷风华俍僮诗。②

二

义战声威抖国魂,投军弃学惬初心。③
今来何用重伤逝,君已名辉烈士林。④

---

① 潜(乾)(谦)初烈士,山东平度人,一九二五年秋毕业于燕京大学,中共党员,大革命失败后奉命到山东进行地下工作,为军阀所残害。
② 一九二六年秋,我与潜初同在岭南大学工作,常同谈论文艺及时政,情谊洽好,并曾共译清人李调元编纂的《粤风》的俍族、僮族部分情歌(原文为汉语记音)。译文中较佳处大都出潜初手笔。
③ 潜初南来,本抱参加革命之志,为增加战斗能力,初拟进黄埔军校,旋复拟赴日本士官学校,终迫于革命形势需要,赴武汉前线,参加北伐军工作。
④ 《中共党史人物传》(第二十一卷)刊有刘烈士传略;平度县也刊有关于烈士的纪念文集。

感旧三首

一

偶聚蘋蓬粤海陬,韶年心绪漆胶投。
珠江盟鹭传佳语,① 一别谁知是尽头。

二

电闪风驰数十年,犹留影事在胸间。
倚栏听我酸心语,汝与枯灯共黯然。

三

老去情犹似卷葹,茶棚旧岁苦萦思。
荷香竹影分明记,可有今生再见时?

---

① 当年中大同事余永梁君,为我旧诗集《偶然草》所作题词有"珠江盟鹭,红灯照影"等语,曾为校中同事所传诵。

初到大连开发区之夜

飚车疾驶大连湾,才罢南征又出关。
应识栖栖有深意,幽然残月照银帆。①

---

① 银帆,宾馆名称,以建筑形似得名。

一九九〇年

李清照纪念堂二首

一

锦里曾寻薛涛井,明湖今上易安堂。
低回忽忆吟梅句,彻骨寒生扑鼻香。①

---

① 前人诗云:"不是一番寒彻骨,争得梅花扑鼻香。"

二

家灾国难两惊心，悲愤宁禁激楚音？
不肯渡江思项羽，① 固应青兕是乡亲。②

---

① 李清照《乌江》五绝云："生当作人杰，死亦为鬼雄。至今思项羽，不肯过江东。"
② 青兕，指辛稼轩。

夜别济南

晚岁游山东,未觉减情趣。
目送泰山云,衣沾曲阜雨。
念友登陵园,怀贤觅祠宇。
千佛不露颜,① 似惜人离去。

---

① 千佛山,即历山,在济南市郊。

游锦绣中华

旧说仙人能缩地,只今人力现神州。
长城大佛都经眼,万里河山顷刻游。

珠海市吊苏曼殊四绝

一

拜伦猛志没沙场,长吉心肝委锦囊。
一例才人伤命促,彗星瞬息堕强光。

二

身世殊常损性天,情多思少见诗篇。
燕脂不浼英雄志,岭海幽光一卷传。①

三

国命如丝士怆神,拚将文术振黄魂。
苦心海外求同志,零落晨星此数人。②

---

① 二十世纪初期,反对清朝统治的风潮甚激烈,曼殊撰《岭海幽光录》披露于报端。内容记述明清易代之际,汉族士女的节义行为,虽有颂扬封建道德之处,但其本旨,固在于提倡民族气节也。
② 鲁迅拟创办《新生》杂志,其所定同人除周氏兄弟及挚友许寿裳外,只有曼殊与袁文薮两人而已。

四

西泠几度绕坟场,东海愁思托短章。①
今日香洲虚作客,不能亲访沥溪乡。

---

① 三十年代中某暑假,我在日本白条"西之滨"浴场,曾因诵曼殊咏拜伦诗("秋风海上已黄昏……")有感,口占绝句如下:"国仇身恨付诗章,异域招魂语痛伤。我亦临风秋思远,沧波无际月昏黄。"

小汤山杂诗

一 小 住

炎氛火热逼人来,生客如云拨不开。
觅得汤山聊小住,林幽水碧畅吾怀。

二 眼底风光

前年休夏西峰寺,喜见奔流漫小溪。
眼底风光更幽倩,藕花无数塔楼西。①

三 怀聂绀弩

少年耽书黠与呆,中年文斗几擂台。②
怜君地狱都游遍,成就人间一鬼才。

---

① 所住五区病房,为一新型的宝塔式建筑。
② 擂,吾乡乡音读平声。

四　偶翻旧作有感

不为封侯为救亡，书生挟策赴疆场。
驱倭草檄当年梦，留得残痕在故章。

文坛四祝

小　引

去年秋冬间，文艺界同志及部分中央有关领导为冰心、夏衍、克家等诸位文坛老战士祝寿。他们或为新文学前驱，或为我个人生平友好。当此举国之日，予何能默尔无言，曾前后各成小诗以抒此怀。现汇集之，以与国人共致颂祝之意。

一九九一年二月

祝冰心九十寿辰第一首

自然母爱两荣心，文字澄鲜见性真。
谁意雷霆轰地日，女儿曾现健儿身。[1]

---

[1] 五四时期冰心曾积极从事爱国及新文化运动。

祝冰心九十寿辰第二首

繁星璀璨春波媚，① 哲理诗情浴我魂。
白首回思余味在，心香一缕祝生辰。

祝冰心九十寿辰第三首

涛翻艺海势汹汹，一代清才角众雄。
我是文场跛行客，相随何敢拟云龙。②

祝夏老九十寿辰

相从忆在战氛中，卅载同经雪与风。
闻道从容完"后事"，③ 党人风度哲人胸。

---

① 《繁星》、《春水》为冰心女士早年的小诗集，予曾爱读之。
② 三十年代中叶，达夫先生评论现代散文，谓余之作可继冰心，虽出好意，实过誉也。又韩愈《醉留东野》句："我愿身为云，东野变为龙，四方上下逐东野，虽有离别何由逢。"今反其意。
③ 报载夏老近日以所藏书画送交浙江有关机构，并风趣地说是料理后事云。

一九九〇年——一九九三年

九十自寿

逝水年华九十春，如潮往事尚留痕。
世途惊险曾亲历，学术粗疏敢自珍？
薄有遗闻传故里，① 无多贡献到斯民。
老妻畏友都凋丧，且与临风奠一樽。

---

① 数年前，故乡《海丰消息报》曾一再刊载我少年时行事之传说。

祝元白(启功)先生八十寿辰

合从释氏问因缘,卅载京门讲席连。
一夕雷霆同劫难,三冬文史各根源。
小诗共喜吟红叶,①芜语常劳费玉笺。
闻说灵椿八千岁,吾侪今日只雏年。②

---

① 指韩蓍伯《绿云楼诗》中的某些篇章。
② 予近年所作文字,常请启老为代笔。

疗养院杂咏

近几年来,暑假期中,我总移居北京近郊西下庄工人疗养院,为了逃避炎热,也为了少见宾客,还借此机会读些心爱的书或执笔写点什么,自然乘兴写几首诗词是免不了的。现在摘录数首发表,借以向关心我的朋友们报告行踪、心迹耳。

一九九二年八月二十三日于西下庄

一 听 雨

我住京华四十年,几曾清夜闻淅沥?
今宵听雨兼听风,如卧西湖山馆里。

二 眼镜湖即事二首

(一) 衡量风物

携杖频来趁曙光,眼中风物试衡量,
陶龟土鹤无情趣,一朵白莲殊众芳。

（二）观　鱼

百步澄湖一鉴开，游鱼逗得客徘徊。
凭栏只赏优游趣，不与名家辩理来。①

三　静　坐

藤蔓随风飘，蝉鸣催暮急。
静坐小亭中，驰思渺何极。

四　即兴一律

逃暑西庄又月余，无多客履到门闾。
雨中重礼摩天塔，② 晨起常观逐队鱼。
文债粗偿情熨贴，世潮方劲思盘纡。
松声友谊长安寺，惆怅无由访旧居。③

---

① 名家即名学家（逻辑学家），这句意指惠子及其论辩"鱼乐"之故事。
② 摩天塔，指八大处之舍利塔。
③ 六十年代后期及八十年代前期，我曾先后在长安寺小住，前一次同住者还有尹瘦石、王蒙等诸同志。

燕市及近畿杂咏

一　北海公园快雪堂观蜡梅

绛雪灵峰入梦香，瑶华千树忆罗岗。①
老来不负都门客，快雪堂中看佛妆。②

二　九龙宫

终岁潜身斗室间，新编旧卷费钻研。
今朝偶作龙宫旅，鱼鳖风涛别有天。

---

① 灵峰，在杭州西湖；罗岗，在广州市郊。各以盛产红白梅花著名。
② 佛妆，谓黄色，语自宋人笔记。

慷慨为文

接受作协所颁发"抗日老作家纪念牌"后赋。

时危挟笔赴军门,慷慨为文气薄云。
岂与群英竞劳绩,拳拳尽此国民心。

纪念老友绀弩同志九十冥寿

朋旧祝冥寿,偏成缺席人。
操觚杂诙黠,体国本精纯。
薄海传三草,吾心赏一文。①
斯人还活着,此语最知君。

---

① 我尝谓绀弩即使没有其他著作,但有《韩康开药店》一文,也足以不朽矣。

一九九四年

游卢沟桥感旧

独来我已鬓如银,旧梦成烟迹未湮。
欲向桥头狮子问,可还记得倚阑人?

一九九七年

九五生辰书怀

一

求仁未得身先老,阅世深来梦易惊。
此是暮年心痛处,苍茫欲语仗谁听。

二

世间光阴已向残,此身视息尚人间。
迎眸四海涛汹涌,入梦家山路八千。
世味深尝头尽白,事功未竟意难安。①
多情亲友劳相祝,斜日长途敢息鞭。

---

① 事功,指近年余所倡导之民间文化研究事业。

香港回归书感

难敌船坚炮利师,当年失地国濒危。
神州重建眠狮醒,剑合珠还又一时。

见庭树著花偶感

移住红楼意自便,合欢双干秀庭前。
凭栏人去花长发,梦冷烟消忽五年。

一九九八年

钟程唱和诗①

烛灰未尽平生意,霜鬓徒劳四海知。②
书罢沉吟欲谁寄,秣陵一叟正相思。

---

① 程,程千帆。
② 前二句为九六自寿联语。

一九九九年

题羡林教授《散文汇编》一绝

浮花浪蕊岂真芳,语朴情醇是正行。
我爱先生文品好,如闻野老说家常。

春游陶然亭示诸同学

连日春城阴复晴,结群来此度清明。
优人呈艺心先乐,杨柳初醒叶未青。
廿载重临人更老,诸君崛起业当兴。
人间盛会非容易,珍重题诗记此行。

二〇〇〇年

致 元 白

诗思清深诗语隽,文衡史鉴尽菁华。
先生自富千秋业,世论徒将墨法夸。

二〇〇一年

怀念彭湃烈士四绝

一

民瘼邦危百可伤,书生去国为图强。
蓬莱不枉三年客,① 采得回天救世方。

---

① 蓬莱,指日本。彭湃同志早年留学东京,接受当地社会主义思潮影响,树立起革命的伟大理想。

二

真言播响类晨钟,一辈青年尽向风。
我亦当年承教者,"到民间去"永盘胸。

三

千万劳民苦海中,一朝醒觉力无穷。
赤山农会星星火①,烧得天南一片红。

四

一死真如泰山重,神州终究换新颜。
凭谁为写英雄记,凛凛高风启后贤。

---

① 彭湃同志回国后,在家乡县教育局工作,曾与二三同志创办《赤心周刊》,宣传社会革命思想,影响很大。

拟百岁自省一律

历经仄径与危滩,步履蹒跚到百年。
曾抱壮心奔国难,犹余微尚恋诗篇。
宏思遐想终何补,素食粗衣分自甘。
学艺世功都未了,发挥知有后来贤。

病中口占一绝①

数度南城卧病房,多般痛楚又重尝。
佛陀枉作无生想,生物终难越四纲。②

---

① 二〇〇一年八月上旬末,口授于友谊医院病房。
② 四纲,指生老病死。释迦认为此四者是人生最大痛苦之源,思有以克服之,故倡修炼成佛之说,然此亦不过幻想而已。

念奴娇　扫落叶
一九六一年

燕都秋老，正西风拂拂，叶零如雨。
碧幕高遮方在眼，空旷今余天宇。
落去还飞，黄中带赤，容态犹妍妩。
拥花滋麦，① 春心端托尘土。

不是对景寻诗，穿丛傍砌，日日相为伍。
笤帚一枝横直扫，耙子有时兼举。
棘刺钩衣，山坡滑脚，稍会樵童趣。
一天活了，② 笑看黄日西注。

---

① 北地花匠，冬天用落叶和泥土，掩埋花卉，以防其冻死。又，农家多沤落叶，以充肥料。
② "活"字读平，名词，劳作的意思。

念奴娇　题瘦石所藏朱彝尊《梧月词序》墨迹卷子

一九六五年

饥驱人去，信轮蹄踏遍、雁门羊石。
故国故家零落尽，忍对铜驼荆棘？
覆楚东瓯，椎秦博浪，① 一念缠胸臆。
胥涛如吼，古今悲恨同激。

多事章奏推贤，大廷呈艺，博得金门籍。
赐第赐餐承雨露，腾笑歌诗成集。②
志士缁衣，故人碧血，往事宁堪忆？
移家愿杳，人间留此残墨。

---

① 朱氏著有《东瓯王碑》及《谒张子房》词。博浪之"浪"，原应读"平"，此处因声律关系，仍借读"去"。
② 《腾笑集》为朱氏仕清后所刊诗集名。

蓦 山 溪
一九七三年

连日得小宜家书并归牧图一幅，略缀其意成小词，兼寓勉励之旨。

银涛玉浪，雪野风光壮。
跨马牧牛羊，暮归来，炊烟荡漾。
峥嵘集体，先进记曾评，今岁晚，重膺奖，
三等功勋状。

蒙疆浩莽，容得英雄闯。
宜牧并宜农，地下况，丰饶宝藏。
英年志远，劈石更开山，锲不舍，日蒸上，
前景辉龙虹。

满江红　郁达夫先生殉难三十周年纪念
一九七五年

竟死南荒，恨不睹重光城郭！
痛心处，踪消黑夜，坟堆茫漠。
冢傍要离成幻梦，词题武毅昭英魄。①
展残编，恍触热肝肠，关家国。

三十载，如电抹。
追往事，情蓬勃。
黯茅庐风雨，武林城角。②
示我新篇哀战友，共寻故宅怀词伯。③
算此生，黾勉尽交情，搜遗作。④

---

① 达夫生前有"终期埋近要离冢"之句及题戚继光（武毅）祠壁《满江红》词。
② 一九三三年，他移家杭州（所居扩建后称"风雨茅庐"），适与予寓比邻，时相过从。
③ 杨铨在上海被暗杀后，他示我以所作哀诗，语极沉痛。又曾同循杭州城东一带，寻觅词人厉樊谢故宅。
④ 他所作诗词，国内外早有人加以辑集，但颇有遗漏。文化大革命前，予曾抄录所知佚篇，以贻友人。

金缕曲二首　听《黄河大合唱》
一九七五年

近日常倾听北京电台播送的《黄河合唱曲》（根据冼星海同志的《黄河大合唱》旧曲改编的），追念故人，感怀往事，因赋《金缕曲》二首以抒意。

一

又听黄河吼！
这歌声，秋潮澎湃，曾驱顽寇。
南国早膺箫手誉，① 西渡正雄抱负。
论苦学，人间稀有！
民族深仇身世愤，趁惊飚，注入宫商手。
大风曲，腾众口。②

飕飕山雨将来候。
猛东归，热情喷薄，歌呼拼斗。
喉舌无端遭堵缚，掉手幡然北走。③
新灿起，盈腔北斗。

---

① 星海同志少时有"南国箫手"之称。
② 《风》是星海同志早期的名作。他在巴黎苦学，一夕朔风狂震，感兴作此曲。
③ 抗战初期，星海同志在国统区致力救亡音乐运动，遭受反动派无理阻抑，愤而北赴延安。

亿万工农同脉搏，薄云霄，高艺凌鹰鹫。①
虽夭折，永不朽。

二

往事依稀记。
忆当年，同居康乐，年华方绮。②
我溺词章君音乐，嗜好凝成友谊。
朝与暮，饱聆琴艺。③
真有红灰狮子劲，④棒纵横，挥出青春力。⑤
偶入梦，长元气。

背飞劳燕悭重会。
更回头时、光闪电，已分生死。
难向遥邦招魂魄，注目云空致礼。
念故地，蕉黄波翠。
犹忆桥儿沟上立，听驼铃，我恨脐难噬。⑥
云泥路，自贻悔。

---

① 星海同志在延安创作了《黄河大合唱》、《生产大合唱》等杰作。
② 康乐，在广州市珠江南岸，旧岭南大学所在地。
③ 一九二六——一九二七年间，星海同志和我在南大，寝室相连，每天都能听见他拉小提琴的声音。
④ 红灰狮子，是当时南大学生的自豪语。
⑤ 当时星海同志兼任南大乐队的指挥，开会时，总能见到他的背影和挥舞手姿。
⑥ 桥儿沟，在延安城北门外，即鲁迅艺术学院所在地。星海同志在那里教过书。他曾专心致意地倾听过路骆驼铃声，以体会民间乐调。一九五六年夏，我曾与西北参观团的同志一临其地。

水调歌头　与旧日海丰中学同学小集
一九七五年

十月十三日，与旧日海丰中学同学四人，小集北京餐厅，锦汉兄作诗纪事，填此调和之。

京国正佳日，五老集西郊。
纵谈畴昔，往事如海复如潮。
谢道山前夕照，方饭亭边林影，红绿眼中描。
逝矣五十载，老健喜今朝。

忆家乡，当黑夜，卷惊飚。
五坡同学，① 落落奇节几人豪。
星火赤山农会，② 霹雳劳农政府，③ 伟绩映丹霄。
肃肃瞻前躅，肯使壮心凋！

---

① 五坡岭，在海丰城外，有文天祥祠及纪念亭（方饭亭），海丰中学即在其地。
② 赤山农会，为二十年代初彭湃同志所组织和领导的农民协会。
③ 一九二七年"四一二"，蒋介石叛变革命后，彭湃同志即领导本县工农群众建立海丰苏维埃政府，后以力量悬殊，为国民党反动派所摧毁。

水龙吟　参加冯雪峰同志追悼会
一九七六年

二月十六日下午，赴八宝山参加冯雪峰同志追悼会。归后，赋此抒哀。

礼堂空仰遗容，故人已判幽明路。
重阴天色，暮年文侣，黯伤如许。
难忘新正，款谈促膝，心雄犹故。
正私怀默祷，康强迅复，惊遽尔，晞朝露。

往事浮云漫顾。
托深心端凭豪素。
长征绘卷，迅翁珍话，灵文待吐。
天国宏篇，经营廿载，稿还藏腹。①
叹而今已矣，剩他皎月，照原头树。②

---

① 雪峰同志拟作太平天国历史小说，准备多年。
② 时正当旧历灯节期间。

满庭芳　访所谓"曹雪芹故居"
一九七七年

国庆后第三天,与友人往西郊访问所谓"曹雪芹故居",① 一时感兴所及,聊纪以词。

灯彩初停,菊英将展,西山秀色撩人。
旧新词侣,逸兴动飞轮。
不抚娑罗古柏,关情处黄叶孤村。
摘文藻,江山故宅,俯仰一凝神。

萧森蓬径里,围毡啜粥,远富亲贫。②
想酒酣挥翰,愤结声吞。
呕尽十年心血,终留得照世鸿文。
看今日,肩摩毂击,争式旧衡门。

---

① 所谓"故居",近卧佛寺,寺有千年娑罗树。
② 此句本鄂比赠曹氏对联语意。

虞美人　读圣陶先生《兰陵王》
一九七七年

圣陶先生见示近作《兰陵王》（回忆朱自清先生），读后，情难自已，填此抒怀。

兰陵调侧情凄戚，
似听山阳笛。
相逢八桂战尘昏，
长忆"灯前如对万花春"。①

固穷肯受嗟来食？
志行坚如铁。
东郊何日访遗茔？
尽把雄飞世景告英灵。

---

① "灯前"七字，是抗日战争初期，我在桂林环湖旅馆晤见自清先生后，所作绝句的结语。

玉楼春　喜晤绀弩
一九七七年

此生不意重相见，
瘦却容颜神尚健。
汾滨几载困阴霾，
忽睹天清妖雾散。

韦编三绝穷经典，①
遇蹇宁妨神智焕？
从君正合乞余光，
补我平生闻道晚。

---

① 绀弩在黑牢中数年，读《资本论》数过。

金缕曲　出席第四届文代会抒情
一九七七年

万马奔腾际，

正秋高枫丹菊紫，蓝空如洗。

文界三千英与杰，云集京华胜地。

这盛况，古今稀比！

回首十年龙汉劫，更教人，胸次交悲喜。

争四化，共擎臂。

文场往事分明记。

溯当年新邦初建，剧崇文艺。

大会宏罗南北士，我亦荣参末议。

最难忘殷殷策励！

今日重来头已白，骋霜蹄，肯让追风骥？

看晚景，夕阳丽。①

---

① 一九四九年七月，北京召开第一届文代会。周总理在我的纪念册上题词云："努力建设人民文艺！"

水调歌头　登八达岭
一九七九年

一九七九年五月二十八日，与北师大民间文学进修班诸同志游八达岭，登长城。归填此词，以示同游。时正共编写《民间文学概论》教材。

久蓄再来愿，今日出居庸。
峻岭崇岗争翠，林木郁葱茏。
九折砥平驰道，千尺山头遗堞，游客尽西东。
群向高台望，入眼咤神工。

忆前游，身已老，志犹雄。
拄杖望京石上，① 云野豁心胸。
落落眼前诸子，烨烨垦荒事业，相勉在奇功。
俯仰先民迹，肺腑绚长虹。

---

① 望京石，在岭北烽火台边。

汉俳四首 赠别"日本老舍著作爱好者第三次访华团"诸君

一九八四年

一

时光瞬消逝,
花竹餐厅的灯光,
将常亮心头!

二

你们的热情,
会使故人的亡灵,
复活起来呀!

三

街头紫丁香,
比起上野的樱花,
风情怎样呢?

四

我永远难忘,
京都之夜的宁静,
再见,在那里!

水调歌头　石岛旅次书怀
一九八五年

卅载冀州客,魂梦向山东。
此番文友荟萃,小住惬初衷。
不为漫游山水,不为逃离炎热,报国待呈功。
文苑千秋业,董理冀精工。

西山云,黄海雾,印胸中。
工余小憩,足迹所至兴无穷。
凭吊秦桥残址,瞻养日神遗庙,诗思郁葱茏。
他年谁访古,于此证游筇。

满江红　访鲁迅纪念馆及故居
一九八七年

秋雨潇潇，止不住纷来游客。
恨前番，匆匆过境，停轮未得。
百草荒园三味屋，眼前一一酬饥渴。
更饫心，遗物多存留，欣亲涉。

音与貌，久离隔。
志与业，垂简册。
对当前景物，思萦胸膈。
家境凋零催奋学，时危更使肝肠热。
愿青年，誓志效前贤，腾鹰翮！

水调歌头　访翠亨村孙中山故居
一九九〇年

偶得好缘会，来访伟人乡。
丘陵四处起伏，护此卧龙岗。
堂馆后前辉映，林木高低葱郁，遗像更轩昂。
招徕五洲客，共礼浴灵光。

思少日，秉正气，石儿郎。①
家贫迟学，伐木挑水助家常。
目睹乡农困境，耳熟天京遗事，大志已潜藏。
今抚手栽树，高范几回肠。②

---

① 石儿郎，中山先生少时富于正义感，见小孩被欺，即为之抱不平，虽被打疼也不哭，人称为"石仔子"，见李伯新、黄彦所编述之《翠亨中山故居》。（文物出版社一九八一年出版）下文所及少年时事，同此。
② 故居前院有轮囷大树，名为酸子树，据说是中山先生用从檀香山带归种子所种植者。

一个薄暮似的早上

迷茫的,迷茫的,
一个薄暮似的早上,
清寂的海湾上面,
有个我在信步闲散。

海湾中的海水,
一阵阵的向海岸冲击,
汩汩复汩汩,
如清宵少女的啜泣。

海水呵,海水,
你这样不绝的呜咽,
可不是有了什么伤情,
要向岸上的行人申说?

我呢,海哟,
我也有漫胸的哀怨,
急待诉与人间,但是,
我没有勇气——我不敢!

这海湾中不是

有一只巨大的渔船,
我所有的哀怨,
正合装进在它的舱间。

让渔船把哀怨载去,
载到那大海的遥边,
它将化成了骇浪惊涛,
永在那无人处狂荡,狂荡。

(原载《海滨的二月》)

海滨的二月

斑驳的矮墙之下,
疏缀着曼陀罗花几枝,
高高的山岭上,
草色也只碧绿了一半——
剩下的仍然锈刀似的赤。
哦,这便是海滨的二月!

在这里,
我感不到浓重的春之气息,
加以料峭的寒风
挟着雨丝潇洒,
更令我如蛰在冬之世界。
我不禁遥忆了——我的故乡!

这时节,在那里
绿透了的山野,不知要
怎样绣上诸色的芳花,
便是翩翩的蝶影
也分外呈出迷人的妩媚,
何至像这里毫无生气的平淡?

清明近了，
回去罢，
回去罢，
卧在故乡柔碧的草地上，
总胜如在这里
听听单调荒寒的涛声。

（原载《海滨的二月》）

我底这颗心儿

我底这颗心儿，
有如长空皎月：
有时满吐光明，
有时形象亏缺。

我底这颗心儿，
有如风前落花：
有时坠在泥里，
有时飞翔天涯。

我底这颗心儿，
有如秋江寒潮：
忽而澎湃飞腾，
忽而悄然沉寂。

我底这颗心儿，
有如醉后狂徒：
忽而嘻嘻大笑，
忽而痛苦不已。

（原载《海滨的二月》）

冷　漠

寒风不吹，
白日淡淡的，
青阳是将再来了。

我小立在
剥落的短墙之下，
墙上茄色的野花
招展着在向我浅笑。

我幽幽的感到
宇宙诏示我们生意的葱茏，
同时也感到一种凝重的冷漠。

（原载《海滨的二月》）

敌人呀，你们准备罢！
——读《新时代》

我们年青而勇敢的
斯拉夫民族的英雄，
他为了可伤的祖国，
与坠落在铁牢中的民众，
毅然丢下如神的诗笔，
跑，跑，跑入到那民众当中，
手里挽着同情而漂亮的姑娘，
心海间是那沸度的热涛在汹涌。
谁知一再的从醉里逃回，
为了人们的侮辱与嘲弄。
脸儿是苍白了，雪样苍白了，
心儿啊，更何堪其苦闷伤痛！
阴黯的灰色的雨丝天中，
枪机儿在苹果树下轻轻一动，
啊，我们的英雄一切完了，
一切完了啊，我们的英雄！
深深的同情，我对于他的惨死；
可是不愿意学他——学他的愚蒙！
我要终于饮着敌人的子弹——
在先一刻呢，是把子弹向敌人射送。

敌人呀，你们准备罢，
时候到了，我的枪机就要发动！

（原载《海滨的二月》）

诗人底哀歌

他听见人间美丽的月桂冠,
是为褒奖诗人高贵的恩典,
他着实有些艳羡而醉心了,
他再不愿留恋于冷落的天上。

他恳切地向着上帝说:
"主呵,你千万准许我底祈请,
我要坠落到下界人间,
忠诚地去为主宣传使命。"

上帝有些诧异地回答道:
"你为甚要辞掉天堂,谪下人寰?——
也好,你此行正可以为众生谋福,
但是你可要我给你些什么?"

"主呵,我想做一个慈悲的诗人,
所以呢,别的什么我都不要,
只望多得些云锦似的文艺天才,
使美丽的月桂冠在我头上加戴。"

上帝听了很哀怆地说道:

"小子呵,你可不要痴愚!
诗人底使命虽然重大而高贵,
但他底生活却是银灰色的。"

他很不以为然地哭着喊道:
"主呵,请你无须为我担忧,
只要能得到月桂冠底光荣,
一切的苦痛我都愿意担受!"

上帝无可奈何地终于允许了,
把一朵悲哀之花亲簪在他底襟头,
他炫着诗人伟大的使命,
径奔下那荡荡的尘寰去了。

他到了罪戾密组成的人间,
悲哀之花渐渐开遍了他底心园,
他底诗歌越写得成功时候,
悲哀之花也越开得绚烂。

他禁不住悲哀味道底酸苦,
迫得含着两眶眼泪哀求了:
"主呵,我再不要这美丽的月桂冠,
请你把我襟前底悲哀之花摘掉!"

他只在那里尽情放声地呼叫,
天宫里底上帝何曾听见?

月桂冠儿长在头上辉煌,
悲哀之花也不住地在心园摇颤。

(原载《海滨的二月》)

题《沙基血迹图》

是树木阴阴，
是桥影沉沉，
这仲夏的江头
正合我们息影披襟。

哦，为甚那如潮的人群
狼藉地仰卧着，背躺着，
剩下的更尽在仓皇狂奔？
旗影落叶似地凌乱，
天空罩着的是灰色的毒氛。

听，仔细地听——
这中间不是嘈嚷着绝命的哀吟？
瞧，仔细地瞧——
这中间不是交现着鲜血的溃进？

绝大的声音警告我们：
这是一幕最酣痛的悲剧——
我们民族几于不曾有过的劫运！

弱者的生命原没保障，

只凭着有力者的意旨,
他们便可以随时供作牺牲。

但我们没有把心灵失掉,
悲哀的感觉永远会在胸中蒸腾。
唉,这难忘的羞耻!
唉,这不磨的血影!

(原载《海滨的二月》)

朋友,你如要读我底诗

朋友,你如要读我底诗,
须在无聊的深夜或黄昏,
切不要在兴高采烈的芳辰!

朋友,你如要读我底诗,
须先溃涌着如潮的同情,
切不要含着一毫讥笑与冷刻!

朋友,你如要读我底诗,
须得用自家底心灵去理会,
切不要仅仅从文字中追求!

(原载《海滨的二月》)

初逢的敬礼
——呈台湾人张秀哲君

悲愤的情怀，
沉痛的语调——
　　我早就深深的认识你了：
　　在读了"一个台湾人
　　　告诉中国同胞的书"以后！
你更给我以难忘的印象，
　那就是——
　　你一副忠耿的精神和
　　两片沉郁的苦脸！

朋友，
我们虽然是陌生两个，
　但内心同蕴着一样的哀伤：
呵，飘摇着的中华呀！
呵，沦亡了的台湾！

万万数同胞正沦身水火，
最后的战争已摆在面前，
肩负何止百镒千钧！
　努力，朋友，

为着生者,也为着死去的人!

一九二六年九月十四日于南大西棚

到莫斯科去啊

友人聂畸,① 自广州来信,谓将赴俄京莫斯科留学,作此诗寄之。

到莫斯科去啊,到莫斯科去啊!
那儿狂溢着革命的浪潮,
那儿怒放着自由的花朵,
虽非天堂,也远胜这妖魔洞府。

朋友,你是一个流浪的诗人,
大地的黑暗,久使你的歌声喑哑;
从今得到了那儿的乐园,
定教你的歌声变了新调。

朋友,我也想跟你一路同行,
去到那儿自由的乐园;
可是,幸运之鸟不傍我而飞,
只落得独在这荒凉的海滨梦想。

呵哦,神州革命之火势将燃烧,

---

① 聂畸,即聂绀弩同志。

一切的条件已经准备完好，
只急等那引导火线的健儿，
朋友，你将充当那健儿归来引导！

　　　　一九二五年十一月二日，初稿于汕头文亭

送砾子南归①

在这西湖的初雪里，
你登上南归之途了。

经过东海，
经过南海，
还要溯珠江西上：
这迢遥的水程，
也尽够你的弱体支持了。

虽然是数年的短别，
故乡该给你以异样的印象吧：
爸爸的鬓发已苍白，
祖母安卧在不见新土的坟里，
市街都换上新奇的服装，
就是那寒碧的江水，
也不是昔年鉴照你姿容的原物了！

这些将徒然唤起
你幽幽的感喟么？

---

① 砾子，这里指夫人陈秋帆。

不，你将由它更证实了
那可信任的真理：
流动，是宇宙万物经常的规律！

买得你暂时在家的慰安的，
是我这里支付了的寂寞的代价呵！
红火炉旁
异国名文的吟讽与移译，
这不能促起你早日北来的雄心么？
纵然我们羞问：
孤山梅讯，
灵隐深雪中的竹韵。

一九三三年春作

（原载《现代》一九三三年一—六期）

西　　湖

虹形的桥。茑萝漾着中世底梦。
保俶塔。老于风霜的面庞。
风过。草动。石兽语翁仲。
牲畜地驾使活人的轿子梭织着。山径中。
部分地褪了水银的镜。山底倒影。
古币。士的克。小木鱼。庙前的杂货摊。
别墅。别墅。看管人打扫常闭着的院落。没精采地。
喔——。汽车闪入浓绿中。
月下老人祠。摩登女郎底笑声哄着。
倒在小青墓房的失恋者底青色的尸身。
狂吼着 Aluminium 的蜻蜓。水上。云间。
劫案。白天里。
叫花子尾随着黄布袋的香客。沙着声。
和尚被捉奸了。

（原载《现代》杂志）

未 来 底 春

像妖星般的，
这将沉落的旧世界
迸射出它最后的凶焰：
压制，
拘囚，
残杀……
数不清的种种刑罚。
何等阴森的灾难日子啊！

志士不能不坚毅！
你背着那沉重的
神圣的新十字架，
在荆棘的山谷间
迈着脚步前进，
有时虽遇到阻挡，
但绝不有意勾留——
更莫说那可耻的回头！

寒流横荡着，
月色是惨白的，
池水更死般没有表情。

寂寥的南方底旅夜哟！
但是，冰冷的心
忽然温暖了。
异邦英勇的朋友啊，
我怎样地感激你底热力！

我底灵魂歌唱了，
它带着忧郁，
但更多地带着希望歌唱了：
"多雄丽的未来底春啊！"
让这歌声吹播到四方罢，
让它去感动青年们底心，
像那曾经感动过我的一样。
多雄丽的未来底春啊！

　　去年三月中旬的一个晚上，心绪非常忧闷，偶然在《七月》杂志上读到日本反侵略作家鹿地君底诗和信及某君关于他的一篇散文，我感动了。结果便写下了这首短诗。

一九三九年五月三日敬文志

我 底 诗 笔

在人生底初程——
嫩芽的少年时代,
火般的知识欲
蒸腾起远游的梦想;
但是,那现实啊,
却像一条铁链,
紧锁着欲飞的双羽,
于是瞪视着
茫茫的天和海,
我叹息了。
就在这时候,
那支诗笔安慰了我:
在雨底灯前,
在莽苍的林野中,
它悄悄地
给我吟出
那少年底忧郁,
薄情的忧郁。

风转变着方向,
人底生活也改涂了颜色。
在不知所从来的
恋底袭击中,
我成为俘虏了。
是黯淡的恋啊!
我用酒,用淡巴菰,
想推去心头的重压,
但是,眼泪啊
不能从我底脸上抹去。
于是,我底诗笔
又成了效忠的臣仆,
它凄婉地唱着,
唱着我那成年人的
褐色的恋底悲苦。

少年的幻想
早消散了,
恋底梦
也成了天末的青烟。
在很长的
很长的时间里,
我底诗笔沉睡着,
再没有一丝风浪,
打搅着它底宁静。
我底生活是散文的,

我底心情也是散文的。

现在暴风雨酣烈着!
在这块
由我们千万代祖宗
所经营了的土地上,
已闯来了无数的暴客
在杀人,在放火! ……
而我们英勇的兄弟们,
正用着宝贵的血
和铁般的决心,
去抵御当前的强暴。
是生与死的斗争!
是神与兽的斗争!
是庄严的创造新历史的斗争!
哦,我底心跃动了!
我底诗笔
也再不能眈着那悠闲的梦!
它要以疾风般的旋律,
去应和着
那力底怒吼,
力底狂舞啊!

(原载诗集《未来的春》)

樱　花　曲

从太平洋上来的
青春底风，
吹暖了岛之国，
吹笑了
若子姑娘门前的樱花。
是靓装踏歌的时节啦。
若子姑娘底眉头
总是愁蹙着，
温暖的风，
再也吹不开她心底冰冻了。

对着霞彩般的樱花，
她做起白日梦来了。
在荒远的
荒远的
异国底原野上——
那笼罩着死底气味的原野上，
一个年青人，
钢盔紧压到眉梢，
失神地在眺望，
望着他所自来的东方。

她本能地走前去,
那活着的年青人,
在不被知道的瞬间
变成一具尸骸了,
口里仿佛还在低吟:
"为皇国的光荣,
凶手与痴汉底光荣哟!……"
忽然青柳中的啼莺,
惊醒了若子姑娘的噩梦。
樱花正淌着泪的雨呢。

(原载诗集《未来的春》)

高尔基翁底死

前年,那多雨的夏天,
一个清晨,忽听到你底死耗,
像胸膛里的心儿掉落了,
不是感伤,是不知所措的茫然!
后来每回想起了你,
总感到失神般的怅惘!
何等深沉的人间底怅惘!
哦,今日报上传来了消息,
更震动得我几乎发狂!
你那无可补偿的死亡,
竟出于一种人为的灾祸——
阴谋家们底恶毒勾当!
他们为了争夺政权,
不惜用撒旦底魔手,
去扑灭你这照耀世界史的雄光!
看呀——
它将怎样激怒人世底良心,
召来奔潮般的诛罚的回响!
你——创伤满身的老文豪,
为了保障新型人类底生长,
和恶棍们苦斗着,像铁般坚强,

不妥协,不退让,直到身亡!
这无比的磊落和悲壮,
将永召唤着人群底感奋,
永牵引着人群底怀想!

(原载于诗集《未来的春》)

故　乡

自从那月夜里
我对着路旁的相思树，
低吟了生活的怨歌——
咀咒那止水般的生活的歌，
风浪追赶着我，
就此成为天涯的游浪客了！
一年、两年、三年……
于今十年了。

故乡——
位在东方大陆底最南端，
直面着"茫茫绿"的海水的你啊，
我们真是久违了！
在江南初雪底夜里，
在异国荒海岸上的黄昏中，
你底面影
何曾不牵惹过我底神思？
但是，柔弱的记忆底丝，
系不住一颗流浪的心，
我至今还是个栖栖道途的人。
故乡——我的母亲！

你还记得这老不回头的浪子么?

故乡!
现在我抱着浓烈的归心了。
这为的是
风尘使我厌倦么?
还是在偶然的宵梦里
看到你更动人的容色了呢?
不是的,
是你眼前的灾难——
也是全大陆的灾难,
苦恼了我啊!
我自幼驯习了的
那天空底和平,
现在给从东方来的
铁鸟底翅膀捣乱了;
黝绿的海水,
更感受着深沉的压迫,
那大鲸般的
灰色的战舰之群,
不是日夜在奔驰着么?

一种使人悽慄的
最黑的死底恐怖,
正在笼罩在你底全身上!
我还应该

再像杨花般漂泊吗?
不,我要回去,
回到故乡底怀中去!

故乡!
你是曾经有
那光荣的历史的,
你是个民族的——
尤其是民众的
解放的策源地啊!
在这疾风怒涛底世纪里,
你底儿子们
流过多少神圣的血哟!
哦,我底血也在涌了!
为了你底灾难,
更为了你底光荣,
我要用我底口和笔,
不,我要用我底血和肉
去保卫你底安宁,
去保卫你底自由!
故乡,牢记着:
你底儿子
是决不让你
被淹没在
羞耻底黑浪里的!

(原载诗集《未来的春》)

献给罗兰先生

"人先要有真理!人对于
自己不能不忠诚!"
——《斗争十五年序》

记得安特列·纪德说过,
他要用很深切的敬意
才敢提起那位圣者——
鄂斯特落夫斯基。
罗兰先生!
提起你,
我也生怕心里没有更多的热情,
笔下达不出更多的诚意。

罗兰先生!
在我初踏进文学之门,
便晓得你响亮的名字,
但直到读完了你那苦心的著作——
《莱翁·托尔斯泰伯底传记》
心中才充满了对于你的崇敬。
在你那豪迈而热情的词笔下,

老文豪一生灵魂底
炼狱般的经历，
浮雕地活现在眼前，
我底一颗青年底心，
没法能够不受感动。
我用了天真的眼泪，
酬答了他底——
同时也是你底
那伟大的虔诚和勇毅。

斐多汶、米勒，
米克兰哲罗、甘地，
这些艺术家和救世者，
古今人类中不灭的精魂，
他们底天才和创造，
他们底追求和苦恼——
那些由你底彩毫所渲染了的，
都曾像巨浪般撼动过我底心魂。
在他们人格底明镜之前，
我看见了自己底软弱和无能，
我惭愧，我兴奋！

当年帝国主义者们
为了满足自己底贪婪，
不惜用地狱底妖火，
去焚毁欧罗巴底文明

和世界千百万无辜的生灵,
向来沉潜在书声琴韵中的你,
突然像踏出大荒的狮子,
怒放着庄严的吼声。
那两卷流布人间的文集——
《超越战争》和《先驱者》,
将永远宣鸣着你良心底呐喊。
好像对着神圣的言词,
我每回把它念了又念,
直让你那"新英雄"底精神
流贯着我全身底血管。

去年东方帝国底强盗
带来了铁和火和毒素,
疯狂地向我们这和平的民众进攻——
向世界上四分之一的民众进攻。
那时候,我一面悲愤一面想,
真正的人道主义者的你,
必然要为这古民族底灾难
向世界爱公理底人民呼喊。
果然,事实不亏负我底期待,
你们那号召裁制强暴的圣钟响了!
因为它,五洲反侵略的浪潮更汹涌了!
因为它,我们全民族战斗的心脏更震荡了!
惭愧,我没有优裕的时间,
(或者竟是没有那充分的能力,)

去讽诵你那倾倒着全精力的雄篇——
十大卷的《克力斯多夫》；
但是当去冬我抱着病
走上乱杂的征途的时候，
萧条的行囊中，
却不会遗漏了那本《斗争十五年》——
你追求真理的历程底纪实。
它正像一颗璀璨的明星，
在暮夜悠长的行程中，
不歇地辉照着我疲敝的灵魂。

罗兰先生！
你曾这样自白：
在追求真理的经历上，
你并不比高尔基来得容易。
在这说话里，
我懂得你底骄傲，
我更懂得你底感叹。
罗兰先生！
只要真理底城
不是海上缥缈的神山，
纵使怎样迢遥和险峻，
我也要用微弱的脚力去奔赴。
因为，在这条道路上，
你就是个凯旋了的好模范！

（原载诗集《未来的春》）

今 别 离

今晚当空有个大月亮,
她照耀着你去上前线。

月光下的江山何等迷人!
但我们有为她死去的更美的心。

我们要虚心效法月亮——
她无私普照,她不知疲倦。

你我更要像这夜般深沉,
浮躁挑不起如山的重任。

何须牵挂着别后的友情?
在斗争中产生的,也将在斗争中长成。

不挥别泪,不倒离觞,
一脉豪情伴送——直到疆场!

(原载诗集《未来的春》)

远 别 了
——怀念司马文森、黄新波诸同志

在这黄昏的
广漠的原野里,
面对着大庾岭头
郁怒的浓云,
我深深地怀念着——
怀念着浈江岸上的你们。

你们那放臣般的苦脸,
此刻正晃动在我底眼前。
记起了——
你们就要远行,
就要离开那风雨低迷的江城。

烽火使我们结成伙伴。
在这艰难的时日中,
凭着理性与热情,
我们芳醇的友谊茁长着,
像雨后春草底蕃生。

从今远别了,

但是,我们无须感伤:
友谊是永难消磨的瑰宝,
多情的记忆,
更将给以黄金的光耀。

远别了,
我把烫热的手
诚挚地伸向你们,
活着就必须战斗——
在去留的人底心里,
交鸣着这临别的赠言。

(原载诗集《未来的春》)

追悼老舍同志

应召唤,从西大陆回来,
抖一抖衣上征尘,
便投入建设新中国的战斗。
你——是这样的你,
竟被戴上"反革命"的棘冠,
受尽了难以形容的凌辱!

"士可杀不可辱!"
当我在苦难中听到你的死讯时,
更想不起别的,
只惊讶在你那瘦弱的身子里,
竟然蕴藏着这样巨大的勇气——
抗议的勇气!

今天,同志们又聚拢在这里,
同声讨伐匪徒们的滔天罪孽,
更筹划着新的文艺进军。
如果你还活着,
该怎样放开半沙的喉咙,
倾吐出如潮的愤怒和长征决心!

十二年前，
眼镜湖边，偶然的相逢和匆匆谈话，
便成了我们今生交往的终点。
秋天又将到来，
我真怕重见西山上栌叶的斑斓！

一九七八年夏于北京

秋 兰 颂
——为乡村老师作

你生长在深林幽谷,
从不艳羡豪家的园亭,
你长着利剑般的绿叶,
更耸立着亭亭紫茎。
霜天里,你吐出碧色的花,
那格调,可许花王们争胜?
清幽,淡远:你的香气,
它沁人肺腑,令人神清。
过去多少骚人杰士称颂你,
可不正为着这韵胜的芳馨?
人们曾把你比做贤朋、君子,
还有一种人,品格与你更相称。
他们终身埋头在穷乡僻壤,
是默默培养民族智慧的精英。

一九八六年十月于北师大

问 鸣 蝉

自从住到这山寺里来，
不管是黄昏，还是清晨，
也不管是雨天，还是晴日，
耳边总是听见你在高叫：
知了！知了！知了！……
是这样焦灼，这样单调！

从我懂得人事那时起，
不论在客地，还是在家乡，
不论在祖国，还是在异乡，
到了酷热的夏天，
总听你在单调地高叫：
知了！知了！知了！……

而我在那悠长的生命行程里，
正做着种种不同颜色的梦：
少年时是青色的、绛色的梦，
壮年时是绿色的、褐色的梦，
如今老了，梦又换了颜色，
像茄子那样，它是紫色的。

老朋友,你这夏天的歌手!
多少年来,
我总听着你单调地在高叫:
知了!知了!知了!……
今天,我禁不住要问你,
你可曾真正知道:在你那鸣声里,
我的生之梦已经变换过多少色调?

(原载一九八八年十月九日《光明日报》)